L'histoire dunoise

est-elle gravée

dans la pierre ?

Préface

Vingt années de travail dans le bâtiment laissent des traces. Au sein de différentes entreprises ou en bureau d'études seul, j'ai rencontré de nombreux professionnels sur des chantiers en tous genres : maisons individuelles, immeubles collectifs, usines, églises ou châteaux. Du neuf, de l'ancien et même ce qu'on nomme monument historique. Tout ça reste gravé et le regard quelque fois s'arrête sur un détail à un endroit ou à l'autre : une fenêtre avec un encadrement en pierre, une lucarne biscornue, une pierre avec des traces de marques ou même des lettres. Une promenade en centre ville, côté ancien, une visite de l'église de la Madeleine, chanter dans l'église Saint Lubin pour la foire aux laines, suivre une visite de la ville par l'office de tourisme … Vous mettez ça dans un grand bol, vous secouez et vous en sortez une idée pour un nouveau roman.

Le point de départ se situe rue Lyautey et rue de la Madeleine : Des façades de quelques maisons semblent construites sur un bandeau maçonné qui dépasse de l'alignement : est-ce un reste de trottoir ou un ancien mur qui serait un vestige des constructions incendiée en 1723 ? Cette interrogation m'a tourné en tête depuis plusieurs années puis le fil de ce nouveau roman a été trouvé avec un compagnon tailleur de pierre qui part faire son tour de France. L'écriture avance à petits pas pendant plusieurs mois et je découvre la parution annuelle 2018 de la société archéologique dunoise qui dévoile dans son numéro 308 une étude sur les pierres gravées dans la vieille ville. Perturbé et bloqué de longues semaines par cette découverte j'ai failli tout mettre à la poubelle, puis j'ai repris l'écriture en modifiant un peu mon idée de base.

Aujourd'hui en plus de cette étude sérieuse, vous avez dans ces pages une hypothèse de l'origine de ces marques faîtes par les tailleurs de pierre il y a plusieurs siècles.

Bonne balade dans les rues pour retrouver toutes ces marques et en donner votre solution historique.

André Lejeune.
Mai 2019.

Plan du centre de Châteaudun d'après les plans figurants dans l'étude historique de l'abbé Bordas. Plan incluant les projets de reconstruction de Hardouin, architecte du roi.

La découverte de la vie

L'école sera terminée dans une dizaine de minutes en ce vendredi soir. Plusieurs mamans sont déjà à discuter sur le trottoir devant la porte. Elles ont l'habitude de ces conversations à bâtons rompus chaque fin de semaine. Elles commentent les petits événements de la semaine dans l'école mais aussi dans la ville. Elles parlent aussi des projets du week-end ou des futures vacances. Une maman reste à l'écart et semble avoir les yeux dans le vide. Elle est blonde avec de longs cheveux qui lui tombent sur les épaules. Sa tenue vestimentaire la fait remarquer par rapport aux autres mères, son jean est strié et son pull multicolore laisse entrevoir le haut de sa poitrine. Barbara est fidèle depuis plusieurs années à cette tenue décontractée, souvenir du printemps soixante-huit quand, lycéenne, elle a participé aux barricades parisiennes. C'est son style de vie, elle est artiste et travaille la terre. Elle est sculpteur et ne sort de son atelier que pour venir chercher son fils

Matthieu à la sortie de l'école. Le regard des autres mères est interrogatif sur cette allure un peu étrange et souvent c'est le sujet de conversation dès qu'elle s'éloigne en tenant son fils par la main. La porte s'ouvre enfin et c'est une nuée d'enfants qui part en courant. Ils sont arrêtés au bord du trottoir par les barrières installées par la mairie pour les protéger de la circulation automobile. Les mamans récupèrent leur progéniture et s'éloignent en marchant. Elles questionnent leurs enfants sur le déroulement de la journée et si la cantine était bonne le midi. Barbara arrive rapidement chez elle. Matthieu trébuche en entrant sur une marche en pierre qui dépasse sur le trottoir. Il se rabote le vernis au genou droit et se met à pleurer. Sa mère se retient de le gronder et le prenant par la main le fait entrer et va dans la cuisine et lui demande de s'asseoir. Avec un coton et un peu d'eau oxygénée elle nettoie la peau qui rosit mais ne saigne pas. Les larmes sont aussitôt interrompues. Barbara prépare le quatre heures. Pendant que son fils mange avec plaisir ses deux tartines de pain avec une belle couche de confiture de fraises, elle retourne à la porte et regarde de près cette marche sur laquelle son fils a buté. Elle se penche un peu et ses yeux sont attirés par une ou deux rayures sur le coté au bout à gauche en entrant. Elle est sculpteur et le contact de la terre est sa vie, elle se met presque agenouillée et passe la main sur la pierre pour sentir ces rayures. Elle est persuadée qu'il s'agit d'une signature. Elle revient vers son fils, le regarde, il tourne la tête et ils se font un grand sourire. Barbara le laisse finir ses tartines et passe dans son atelier pour prendre son appareil photo, ressort avec, puis s'accroupit pour prendre un cliché de cette marque sur la marche d'entrée.

La vie continue sans faits extraordinaires dans ce coin au bas du centre de la ville où sont nombreuses les rues et ruelles anciennes aux trottoirs recouverts de pavés plus ou moins bien joints. À côté de la fenêtre il y a une photo qui intrigue les visiteurs, c'est celle des rayures de la pierre.

Une vingtaine d'années se sont écoulées sans que la vie soit modifiée dans ce centre ville. Matthieu a fait une formation d'ouvrier maçon chez un patron après avoir quitté le collège. Il est embauché et va d'un chantier à l'autre. La petite entreprise artisanale ne prend pas de gros chantiers et souvent répare des vieux murs, construit un garage, transforme une grange en pièces habitables. Matthieu découvre régulièrement des bouts de murs étranges : rien de semblable aux constructions récentes, des pierres taillées au carré, d'autres avec des traces de voussures ou de trous de scellement. Son patron lui a expliqué que le centre ville a été reconstruit plusieurs fois au cours des siècles. Au fil des mois, Matthieu a appris à redresser des vieilles pierres pour les adapter aux constructions qu'ils faisaient avec son patron. Ce travail sur des pierres l'ont incité à le quitter avec son accord pendant presque quatre ans pour s'améliorer dans la taille et connaître les différentes pierres de construction : il a fait le Tour de France des compagnons allant de Tours à Grenoble ou à Strasbourg. Il est revenu avec un début de grand savoir et son patron n'a pas hésité à le reprendre comme promis quand il est parti.

Ce vendredi de début juillet, c'est la grande animation dans la ville avec la fête médiévale qui rappelle les anciens temps qui voyait les gens de la terre venir vendre la laine de leurs moutons. Un grand banquet est organisé dans la cour du château et Matthieu s'y est inscrit. Il ne connaît presque personne à l'exception de quelques anciens copains de collège. En arrivant il est installé à quelques places du bout d'une longue table. Il se retrouve face à une jeune fille blonde qui accompagne ses parents. Au fur et à mesure du repas, les jeunes lient conversation, les parents de la jeune fille posant des questions à Matthieu sur son travail de maçonnerie et de taille de pierres. Il est heureux d'en parler sans voir le regard de celle qui lui fait face. Des chanteurs et danseurs de feu animent l'espace avant un feu d'artifice qui clos la soirée. Matthieu réussit à proposer un rendez-vous le lendemain dans l'après-midi à la belle jeune fille blonde.

Le lendemain Matthieu est fidèle au rendez-vous et attend comme convenu sur les marches du théâtre. Il admire quelques bateleurs qui dansent devant les badauds qui arrivent sur la fête. Il est là depuis un quart d'heure quand il voit arriver la jeune fille qui s'excuse de ces quelques minutes de retard. Matthieu se lève et lui fait une bise amicale en lui disant que les jours de fête on n'est pas à quinze minutes près. Tout en parlant de choses et d'autres, ils partent vers le château en longeant les étals qui proposent des articles en bois pour pouvoir jouer aux chevaliers avec des épées et des heaumes. Plus loin, l'odeur du pain qui cuit attire. À chaque pas c'est la découverte : des plaisirs gustatifs, des boissons anciennes, des vêtements de laine ou de cuir. Des voix se font entendre : un groupe d'une dizaine d'hommes et de femmes en costume de pèlerin arrive en entonnant des chants demandant de l'argent pour continuer leur chemin et boire. La foule s'écarte pour leur laisser le passage. Matthieu voit un panneau indiquant l'église Saint Lubin et s'y dirige. Du regard il cherche un clocher et en quelques pas il est devant des ruines, les restes de cette église. Plusieurs stands d'artistes y sont installés : brodeuses, fileuse de laine, créateur de vêtements en cuir, forgeron et un tailleur de pierre. Les deux jeunes restent un moment à admirer le travail de chaque artiste sans rien dire puis Matthieu demande au tailleur de pierre où est son atelier pour pouvoir le voir au calme.

– Je suis installé à une trentaine de kilomètres d'ici. Que voulez-vous savoir ?

– Je suis maçon et j'ai déjà travaillé sur des vieilles maisons en récupérant des pierres pour refaire des façades. Je voudrais en savoir en peu plus.

– Tiens, viens ici, prend donc ce ciseau et la massette. Tu vois sur le côté j'ai tracé une courbe, il y a un centimètre d'épaisseur à retirer. Tu peux attaquer.

Matthieu est surpris de la proposition et regarde celle qui l'accompagne. Elle sourit en lui disant

– Je vais voir qui tu es ! Allez au travail !

– Bon, bah oui, je vais essayer.

Il y a une dizaine de personnes qui se sont approchées et attendent que le novice se serve des outils du tailleur. Matthieu s'approche de la forme, la prend en mains, la tourne et se penche pour voir les marques qui indiquent le travail. Il demande au tailleur des lunettes de protection, il sait qu'un éclat peut partir n'importe où. Trois petits coups tout faible sur le ciseau lui font sentir les outils et la consistance du bloc de pierre. Le tailleur invite la jeune fille à venir à l'arrière du stand pour mieux voir Matthieu et laisser la place aux curieux qui s'agglutinent. Dix minutes plus tard, les coups de massette cessent, Matthieu la pose avec le ciseau sur l'établi. Le tailleur soulève le bloc à hauteur de ses yeux et le tourne dans tous les sens. Il le repose et passe le doigt sur la partie que Matthieu a taillé. Il revient à côté de lui et pose sa main sur son épaule droite et s'adresse aux spectateurs

– Mesdames et Messieurs, je vous présente un futur artiste, il a réussi aussi bien que moi cette découpe dans la pierre. Au fait quel est ton prénom ?
– Matthieu
– Eh bien applaudissons Matthieu, il a des mains en or ! Il sait se servir de la massette et du ci-

11

seau ! Un futur tailleur de pierres !

– Non, non, c'est trop. Je vais vous dire, au coin de l'oreille : j'ai fait quatre ans sur le tour de France.

     – Je m'en suis douté !

Les badauds se dispersent lentement en commentant ce que vient de faire Matthieu. De son côté il voit de l'admiration dans les yeux de son accompagnatrice.

Les deux jeunes repartent tranquillement en remontant la rue Saint Lubin avec une véritable cour des miracles du XVème siècle. Un stand d'herboriste embaume le carrefour, il est face à un vendeur de charcutailles et d'un autre de boissons festives. Ils continuent vers l'église de la Madeleine où se déroule un tournoi de chevalerie avec les combats de chevaliers sur leurs chevaux carapaçonnés qui déclenchent les vivas des spectateurs. Les deux jeunes s'installent dans les gradins et restent presque une heure à regarder ce spectacle. Les chevaliers descendent de leurs montures et saluent les centaines de spectateurs qui les applaudissent. Tous quittent leur place pour d'autres qui attendent. Matthieu prend la main de la belle blonde pour l'aider à descendre et l'invite à rejoindre le centre ville pour se rafraîchir à une terrasse de café. Ils sont à peine assis qu'une jeune serveuse vient prendre leur commande. Matthieu commande une bière et la jeune blonde commande une eau gazeuse. Matthieu la regarde et lui demande

– Depuis hier soir on se parle et on se promène ensemble, il y a quelque chose d'étrange

– Quoi ?

– Je ne connais pas ton prénom et j'ignore d'où tu viens.

– Mon prénom est Alice. Mes parents viennent d'arriver ici. Nous venons de Bretagne. Mon père est ingénieur dans une grande société et il vient d'être muté dans cette ville.

– Tu fais quoi ?

– Il me reste deux ans d'études pour devenir infirmière, j'ai vu qu'il y avait une école. Et toi ? j'ai vu que tu connaissais la pierre

– J'ai mon CAP de maçon et j'ai fait quatre ans de Tour de France pour apprendre le travail de la pierre avec les compagnons. Je ne sais pas si je vais continuer parce que j'ai vu des choses ici.

– Des choses ?

– Tout à l'heure on ira voir, c'est juste à côté.

Il est bientôt dix-sept heures quand Matthieu règle les consommations et invite Alice à le suivre. Il part vers l'hôtel de ville et continue vers le mail qui domine la vallée. Avant d'arriver au niveau du musée, il tourne à droite. Alice lui demande

– Pourquoi cette rue ? La fête c'est de l'autre côté.

– Il y a une partie des « choses » comme je t'ai dit tout à l'heure ici. Tiens regarde là le mur de cette maison.

– Je ne vois rien que des pierres plus ou moins carrées

– Là ! Au bout de mon doigt, tu vois ce cœur gravé ?

– Ha oui ! C'est drôle il y a comme trois clous plantés dedans.

– Justement c'est ce que je veux savoir. j'en ai vu plein d'autres ailleurs et il y en a peut-être cachés quelque part. Ça fait certainement partie de l'histoire de notre ville

– Matthieu, as-tu l'heure ?

– Oui, il va être dix-huit heures dans vingt minutes.

– Il faut que je rentre à la maison. On m'attend. Il y a de la famille qui arrive.

– Alice, il faut qu'on se revoie. Peux-tu venir demain après-midi ?

– Oui je pense. C'est encore la fête ?

– Oui. On peux se retrouver comme aujour-d'hui même heure, même endroit.

– D'accord devant le théâtre.

– A demain.

Alice s'éloigne de quelques pas, s'arrête, se retourne et fait un grand sourire à Matthieu qui lui répond d'un geste de la main. Ses pas le ramènent sur la fête qui se termine pour ce samedi. Il traverse à nouveau les étals et revient vers l'église de la Madeleine. Il s'en approche et reste un moment à regarder les murs et les piliers. Il pose même la main sur l'encadrement de la porte d'entrée. Il est dans ses pensées. D'un coup, il entend la cloche de la mairie annoncer dix-neuf heures. Il sursaute et décide de rentrer. Il descend vers la rue de la porte d'Abas tranquillement, ses yeux toujours attirés par les vieux murs. Il remonte la rue du Val jusque chez lui et retrouve sa mère.

Dimanche matin, Matthieu se lève alors qu'il est presque onze heures. Il est resté dans le lit à penser à la ballade de la veille avec Alice. Son visage et ses yeux lui reviennent sans arrêt. Par moment il en a presque les larmes qui montent. Quand il arrive dans la cuisine pour boire un café sa mère le dévisage et lui demande

– Tu as la tête de quelqu'un qui a passé la nuit ailleurs que dans son lit. À qui as-tu pensé au lieu de dormir ? Une fille ou un gars ? Ou un fantôme ?

– Non rien de tout ça. J'ai rencontré une belle jeune fille qui a regardé les pierres avec moi, tu sais bien que ça me tracasse ces dessins et elle a regardé aussi.

– Tu rêves ou quoi ? Allez, bois ton café ça va te remettre les idées en place.

– Oui. Au fait je ne suis pas là cet après-midi.

– Tu as rendez-vous avec cette fille ?

– Ne dis pas une fille s'il te plaît, elle est belle

– Bon, bien monsieur l'amoureux !

– Non… ou pas encore. Bon, oui, sers moi mon café.

Alice est arrivée avant Matthieu au rendez-vous sur les marches du théâtre. Elle s'est cachée en se collant dans le renfoncement de la porte et tend le cou pour regarder au-delà des espaces des bateleurs sur la place. Quand elle l'aperçoit, elle fait un pas et se plante au milieu du parvis. Matthieu la voit et en courant vient vers elle. Il bouscule un enfant qui avait une épée en bois à la main, s'arrête et le relève en pleurs. Alice descend du parvis et se précipite. Elle regarde l'enfant et lui demande où il a mal.

L'enfant répond nulle part, sa mère vient aussi voir et rassure Matthieu et Alice avec un petit mot à son fils « un chevalier est fort avec une épée ! ». Alice et Matthieu lui font une bise et lui propose une gaufre ou une crêpe à manger. Le choix se fait sur une gaufre qui est dans sa main trois minutes plus tard.

Matthieu se tourne alors vers Alice en s'excusant d'une telle arrivée au rendez-vous

    – Oui. Tu as même cinq minutes de retard !

    – Non. Il y a quelqu'un qui m'a empêché d'être à l'heure

    – Ah bon ! Et c'est qui ?

    – Il mange une gaufre !

Les deux éclatent de rire et Alice demande le programme de l'après-midi. Matthieu propose de faire un tour comme la veille pour revoir les étals, il veut revoir rapidement le tailleur de pierre et montrer à Alice d'autres pierres avec des marques. Ils s'arrêtent longuement dans la rue Saint Lubin pour assister au spectacle de la vie au moyen-âge reconstitué dans la cour des miracles. Matthieu montre les façades de maisons à Alice qui ne comprend toujours pas que ces pierres ou sculptures en bois attirent tant Matthieu. Ils continuent leur ballade jusqu'aux jardins derrière l'hôtel Dieu avant de revenir vers l'église de la Madeleine. Plusieurs fois la foule a fait que les deux jeunes se sont retrouvés à se frôler de très près et même quelques fois leurs mains se sont touchées. Les chevaliers sont encore en spectacle. Matthieu propose de rejoindre le centre ville, sans réfléchir il a tendu la main et Alice y a mis la sienne. Main dans la main ils partent tranquillement. Au premier carrefour, Matthieu s'arrête et se baisse pour montrer plusieurs marques sur les pierres des soubassements des maisons. Alice regarde puis se redresse, elle se met face à Matthieu et lui demande

– Dis, c'est une véritable obsession ces marques sur les murs !

– C'est une petite partie de mon métier et c'est un morceau de ma ville. J'ai lu pas mal de choses sur son histoire.

– Pourquoi tu me dis ça ?

– Sans doute parce que je me sens bien avec toi et que j'ai besoin d'en parler à quelqu'un de confiance.

– Oooh ! En voila une drôle d'explication.

– Peut-être. Viens, on va boire un verre à la terrasse comme hier.

– Oui, on y va.

Les deux jeunes arrivent à la terrasse du bistrot sur la grande place se tenant par la main. Ils sont restés à parler jusqu'au passage de la parade finale et se sont promis de se revoir. Matthieu lui a promis de la tenir au courant de ses recherches.

Quel est ce débord sous le mur de façade ?

Les lendemains de la fête

Barbara, la mère de Matthieu, termine une sculpture pour des gens de la région parisienne qui s'installent dans un moulin au bord du Loir à une vingtaine de kilomètres dans le Loir et Cher. Elle attend le retour de son fils pour le repas du soir. Elle a remarqué son changement de comportement depuis la grande fête médiévale et la rencontre avec Alice. Il est sans doute amoureux. Elle est un peu inquiète quand même parce qu'il a comme une idée fixe sur les vieilles pierres avec des marques différentes qui sont incrustées dans les murs des maisons de la partie la plus ancienne de la ville. La porte s'ouvre et Matthieu entre. Barbara le regarde avec attention, son visage semble pensif.

– Matthieu comment s'est passé ta journée, tu as l'air fatigué.
– Une journée normale avec beaucoup de manutentions. On refait un mur ancien et il faut poser des pierres qui font des fois plus de cinquante kilos.
– Grosses comme celles des vieilles maisons ?
– Oui, si on veut. Mais celle-ci c'est nous qui les travaillons au ciseau pour les mettre à la bonne

dimension et elles viennent directement des carrières.

    – Bon, on passe à table. Et Alice tu l'as revue ?

    – On se voit samedi après-midi.

    – Et il y a quoi au programme ?

    – Ça, c'est secret pour l'instant.

    – Bon, bon, je ne dirai plus rien. Allez mange.

    Matthieu quitte la maison à quatorze heures ce samedi ensoleillé. Il est heureux et pensif en même temps. Il a rendez-vous devant la fontaine avec Alice et il veut lui faire découvrir les pierres qui le tracassent depuis qu'il a vu tous ces signes dessus. Il attend, plongé dans ses pensées, depuis dix minutes quand des pas sur les pavés lui font tourner la tête, il a reconnu Alice. Il se lève et lui tend les bras, elle fait les trois derniers pas presque en courant et ils se tombent dans les bras l'un de l'autre et s'embrassent tendrement puis Matthieu lui dit :

    – Alice, es-tu toujours d'accord pour voir mes cailloux ?

    – C'est une idée tellement bizarre que je suis impatiente. On va où alors ?

    – Viens en face, je vais déjà te montrer un truc étrange.

– Oui, en route.

Matthieu se lève et prend la main d'Alice. Ils traversent les pavés devant la fontaine et prennent la rue en face, la rue qui mène dans le centre ancien. Au bout de quelques mètres, Matthieu s'arrête et se penche un peu. Il montre un petit alignement de pierres qui dépasse de la façade d'un immeuble sur le trottoir.

– Je ne sais pas ce que c'est, mais ça dépasse et ils ont monté le mur dessus. Viens on va plus loin, on retourne jusqu'à l'église de la Madeleine, il n'y a plus le tournoi de chevaliers.
– Je te suis, tes idées me font sourire. On y va.

Alice a pris la main de Matthieu dans la sienne et ils avancent serrés l'un contre l'autre. Ils sont devant l'église en moins de cinq minutes. Alice a fait faire un arrêt devant les grilles de l'école d'infirmières pour examiner les panneaux sur lesquels des papiers sont accrochés. Ils traversent la place et descendent les cinq marches devant la lourde porte en bois qui est ouverte. Ils avancent lentement jusqu'au premier pilier devant eux. Matthieu s'en approche et le regarde du bas en haut, il pose sa main dessus. Alice le regarde et lui demande

    – Tu sens quoi ? On pourrait croire que ta main est sur la peau de quelqu'un, tu le caresses, il te dit quelque chose ?

    – Tu as presque deviné ce que je ressens. Viens de l'autre côté du chœur, il y a quelque chose de rare.

    – De rare !

    – Oui et très ancien.

    Matthieu prend la main d'Alice et ils entament la descente de l'escalier qui conduit à la chapelle qui est en réalité encastrée dans les remparts qui protégeaient la ville. Ils restent un long moment à regarder sans rien se dire puis remontent. Matthieu retient Alice qui repartait vers l'entrée. Il lui fait signe de venir sur le côté, juste après le haut de l'escalier. Il lui montre une grille en bas de quatre marches qu'il lui fait descendre en lui tenant la main serrée. Alice se penche pour voir ce que Matthieu lui indique : une sorte de cave avec des pierres, des morceaux de murs enchevêtrés comme le résultat d'une démolition et que les gravats sont restés.

    – Matthieu, c'est quoi ?

    – Une crypte qui date sans doute de la construction de la première église à cette endroit avant celle-ci.

– Comment sais-tu tout ça ?

– C'est une longue histoire, comme une maladie qui m'a prise il y très longtemps. On passe à la maison, je vais te montrer.

– Oh ! Mais il y a ta mère !

– Oui. Et elle veut te voir, je lui ai peut-être trop parlé de toi…

– Mais je n'ai même pas un peigne pour me refaire une beauté.

– Reste comme tu es, Viens dans mes bras.

Après une longue étreinte, ils ressortent de l'église et s'en vont vers la rue du Guichet et descendent. Matthieu explique les remparts en passant. Il continue la rue qui devient un passage étroit entre les maisons pour rejoindre la rue du Val. Tenant toujours la main d'Alice, il prend le trottoir à gauche et s'arrête quelques mètres plus loin. Il pose la main sur la clenche, ouvre, pousse la porte et se trouve face à sa mère. Apercevant Alice, elle se recule et laisse les deux jeunes entrer.

– Bonjour Alice. Entrez dans l'antre d'une artiste et mère de celui qui vous accompagne

– Bonjour madame

– Non, pas de madame, moi c'est Barbara.

Matthieu prend la main d'Alice et la fait pivoter pour regarder la photo de la marche en pierre avec les marques.

– Regarde là, c'est le point de départ de ma maladie des pierres avec des marques ou des sculptures. Viens voir l'atelier de ma mère, c'est là à gauche.
– Attends, je regarde la photo. C'est drôle ces traits. Oui, c'est vrai, tu m'en a montré d'autres. Bon je vais voir ce que fait ta mère, pardon, Barbara.
– Viens ici Alice, j'ai en cours deux personnages pour une maison bourgeoise située en bordure de la Loire. La femme est terminée, il me reste la tête de l'homme à fignoler. Et je dois les passer au four la nuit prochaine.

Alice s'approche des deux statues de soixante centimètres de haut, penche la tête et fait le tour de chacune lentement. Elle se redresse, recule de trois pas et donne son avis à Barbara

– Je commence à découvrir les pierres et l'art avec Matthieu. Je suis éblouie par ce que vous réalisez. Puis-je en parler à mes parents pour qu'ils viennent voir ces personnages ?

– Alice, moi je n'ai pas de jour de repos, c'est le travail qui commande. Ils seront visible comme ils sont à l'état brut demain jusqu'au milieu de l'après-midi.

– C'est demain dimanche, je vais leur poser la question. Matthieu on se voit à quelle heure ?

– À quatorze heures à la fontaine ?

– Oui. Tu verras si je suis seule.

– Pas de problème. Bon je te raccompagne, je ne sais pas si tu connais ce quartier.

– J'allais te le demander. On y va. Au revoir Barbara, et à demain.

Les deux jeunes partent main dans la main et arrivent au carrefour avec la montée le long de l'ancien convent et de l'autre côté vers la ville et les remparts. Matthieu tourne à gauche, traverse la rue et s'arrête sur le trottoir à droite en montant. Il tend le bras vers une construction dans une cour de maison juste dans le virage.

– Regarde la fenêtre au milieu de ce qui pourrait être une grange, juste sous la toiture. Le haut, ce qu'on appelle un linteau en maçonnerie, est un peu en ogive, tu vois ce n'est pas droit.

– Oui. Mais on croirait une fenêtre d'église.

– C'est bien une fenêtre d'église. Cette construction il y a plusieurs siècles était l'église de la paroisse Saint Aignan. Ça fait partie de ma quête des vieilles pierres. Il y avait plein d'églises dans la ville il y a cinq ou six siècles. Je t'expliquerais ça un jour. Viens, on prend les marches et on rejoint le centre ville. On fait un arrêt à notre terrasse, on a encore un peu de temps aujourd'hui pour prendre notre café.

C'est main dans la main qu'ils montent les soixante-dix-neufs marches des deux escaliers de la rue du Guichet. À la fin de la deuxième volée, Matthieu s'arrête sur le trottoir et tend le bras vers l'immeuble en face et dit à Alice

– Cette rue s'appelle la rue du Château Gaillard et au-dessus il y a une plaque scellée qui donne son ancien nom : la rue du calvaire. Elle était le long des remparts et le calvaire un peu plus loin. Ça a subi les démolitions de la révolution. Oh je crois que je t'embête avec tout ces détails sur la ville et les pierres ou les églises.

– Non, mais je crois par moment avoir avec moi un guide touristique et historique sur cette ville que je découvre un petit peu tous les jours. Allez, on va s'asseoir et prendre notre café.

– Oui, c'est par là.

« *EXTINCTA REVIVISCO* »

*Le devise de la ville est apposée sur le mur de
la rue du Guichet depuis 1835, 12 ans après le
grand incendie et le début des reconstructions.*

Des découvertes

Matthieu est à l'heure pour le rendez-vous du dimanche. Il s'appuie sur la margelle de la fontaine et se remémore sa matinée. Pendant près de deux heures, il a fait des allées et venues dans trois ou quatre rues du vieux centre sans oublier celle qui semble inchangée depuis le moyen-âge : la rue saint Lubin. Ses recherches deviennent presque une obsession et Alice ne le freine pas, au contraire elle veut aussi savoir. Un bruit de pas lui fait tourner la tête, il commence à le connaître. Il se lève et n'a pas le temps de faire un pas qu'Alice arrive dans ses bras. C'est désormais une étreinte d'amoureux quand ils se retrouvent. Une voix grave se fait entendre

– Eh bé, je croyais que c'était un copain ! On voit que c'est plus proche !
– Papa, on a le droit ! Et puis on fait comme on veut avec Matthieu.
— Bon j'admets. Bonjour Matthieu.
– Bonjour monsieur

– Non, pas de monsieur, Alice appelle ta mère par son prénom, moi c'est Roland

– Et moi Matthieu, c'est Monique.

– Bonjour.

Matthieu est tout rouge en saluant les parents d'Alice qui volontairement avaient laissé une dizaine de mètres entre eux et leur fille. Ils ont pu les regarder sans les gêner. Les deux jeunes sont assez grands pour avoir leur liberté dans leurs sentiments.

– Bon Matthieu, les présentations sont faites, Alice nous a dit que ta mère réalise des sculptures splendides et qu'elle accepte qu'on vienne les voir.

– Pour moi, je ne dis pas splendide pour ses œuvres, elles sont belles et elle fait ça depuis toujours, je ne l'ai jamais vue faire autre chose.

– Alors on y va ? Et tu nous montreras une ou deux pierres en passant !

– Alice vous a aussi parlé de ça ?

– Elle ne sais pas nous dire autre chose quand elle revient de sa balade avec toi. J'ai l'impression que tu donnes ton virus à tout le monde.

– D'accord, alors on va faire un tour, un grand tour de la vieille ville. On part pour voir d'abord le château.

– Oui, pour l'instant on n'est venu dans ce coin de la ville que lors de la fête médiévale.

– On retourne dans le médiéval mais autrement. Je vais vous monter

– Et moi je vais essayer de me rappeler les endroits.

– D'accord Alice, tu fais le guide, on te suit. Pars par là, au coin de l'office de tourisme.

– Qui m'aime me suive !

Les quatre traversent la place en écoutant les explications de Matthieu sur sa passion. Une heure plus tard la balade arrive devant l'église de la Madeleine. Alice s'arrête et demande à Matthieu le chemin pour aller chez sa mère.

– Nous allons descendre vers la porte d'Abas et remonter ensuite à la maison. On verra la rue saint Lubin depuis le bas et on pourra s'arrêter voir de près la maison de la Vierge.

– Tu nous rallonges le chemin.

– On ne s'en rendra pas compte, il y a des choses à voir en avançant. En route on y va.

Il est seize heures quand Matthieu ouvre la porte et entre. Sa mère arrive aussitôt pour accueillir les visiteurs. Roland et Monique saluent Barbara et entrent à son invitation. Elle leur propose de venir dans son atelier pour découvrir son travail. Une heure plus tard Barbara se retrouve seule, Matthieu est parti accompagner Alice et ses parents jusqu'au lieu habituel du centre ville. Alice va directement à la terrasse du café où ils ont l'habitude de terminer leurs rendez-vous avec Matthieu. Ses parents sont restés immobile avant d'accepter de prendre place à leur table. Roland interroge Matthieu sur ces fameuses pierres avec des marques qui le passionnent. Il répond que c'est une suite de son métier et de certains chantiers quand il était sur le tour de France du compagnonnage et puis aussi avec cette fameuse marche sur laquelle il avait buté en sortant de l'école et que sa mère a prise en photo, celle qui est au mur dans le couloir.

    – Je vois que ta passion est communicative
    – Vous croyez ?
    – En tout cas, Alice est toujours avec toi pour chercher.
    – Je crois qu'il n'y a pas que les pierres entre nous, papa
    – Ça se voit dans vos yeux. Bon, on règle les consommations et on vous laisse. Alice tu rentres quand tu veux

– Ce ne sera pas trop tard, cette balade m'a usé les jambes.

– Au revoir Matthieu. Il faudra venir nous voir avec ta mère un prochain jour

– Je vais lui en faire part.

Les vacances sont terminées et chacun a repris le travail. Barbara a toujours une ou deux statues à mouler de ses mains. Matthieu est en ce moment sur la réfection d'un mur qui entoure un ancien monastère à une vingtaine de kilomètres. C'est pour lui un chantier plaisir avec des silex et autres pierres à sceller en respectant l'aspect du mur. Alice a commencé ses cours pour terminer sa formation d'infirmière. Roland et Monique ont repris le train-train quotidien.

Le dimanche précédent la Toussaint, Alice est venue, à l'invitation de Matthieu et de sa mère manger chez eux à midi. La discussion autour de la table est venue rapidement sur les fameuses marques sur les pierres des bas de murs dans la ville ancienne.

– Matthieu, si tu aimes les pierres c'est sans doute par ce que fait ta mère

– Je n'en sais rien. Peut-être.

– Moi j'en suis sûre. Regarde ton genou gauche, il a une petite cicatrice et c'est le souvenir de la pierre qui est en photo dans l'entrée. Les pierres te sont rentrées dedans par le genou !

– Si tu veux. Mais depuis j'ai quand même appris pour travailler dessus. Oui. Mais je suis toujours à la recherche des choses anciennes. Tu sais qu'il y a presque une dizaine d'églises ou chapelles qui ont été détruites dans la ville. Certaines bien avant le grand incendie de 1723.

– Matthieu, tu es un puits de sciences ! Quel incendie ? Et puis tu me l'expliqueras quand tu voudras

– Non, Alice, je suis mon idée des pierres anciennes et donc des constructions où elles étaient. D'ailleurs, tout à l'heure on fait un tour en ville et je vais te monter certains endroits où il y avait une église.

– Heureusement que ton obsession a déteint sur moi. On fait presque toujours la même chose.

– Oui mais on est ensemble.

Matthieu se lève et va faire un long baiser dans le cou d'Alice qui, restant assise, lui prend doucement la tête par le bras. Barbara esquisse un sourire et va dans la cuisine préparer le café. Il est quinze heures quand Alice et Matthieu reprennent la montée de la rue du guichet. Alice s'arrête en tendant le bras vers la construction que Matthieu lui avait montré avec la fenêtre si particulière.

– C'était quelle église celle-ci ?
– C'était celle de la paroisse Saint Aignan qui a donné son nom à la rue où on habite avec maman. Et je crois qu'elle a été victime des guerres de religion qui ont été violentes dans la région vers la fin du seizième siècle. Bon, on continue vers le centre ville.

Main dans la main, les deux amoureux vont tranquillement vers la place centrale avec la fontaine puis longent l'hôtel de ville. Matthieu guide Alice jusqu'au mail où ils admirent le point de vue sur la vallée du Loir et une partie du château. Ils avancent lentement. Matthieu s'arrête au bout de quelques mètres, prend la main d'Alice et lui lève le bras en direction du théâtre.

– Tu as devant toi le théâtre. Sa façade de ce côté là est sur la place saint André. La paroisse de ce nom avait une église qui était à cet emplacement.
– Encore une église détruite.
– Oui et ce n'est pas fini. On part par là. Tu vois là-bas le donjon du château.

– Oui. Je te suis.

– Et il y a plusieurs choses à voir.

– Ah bon !

Au bout d'environ cent mètres, Matthieu montre un grand mur derrière lequel on voit une façade assez ancienne.

– Encore un autre lieu de culte, c'était la paroisse Saint Pierre. On continue, il y a encore autre chose à voir.

– Je commence à être fatiguée de toutes ces églises qu'on ne voit plus.

– D'accord, je change de direction. On va faire un peu d'exercice.

– Et on ne va pas voir d'églises ?

– Oui et sans doute pas de pierres avec des signes ou presque.

– J'accepte, en route.

– Bon, alors il va falloir faire de l'exercice, presque du sport. Tu vois la petite place devant nous, il y a un passage pour descendre vers le Loir. Il y a des marches

– Et il n'y a pas de pierres ?

– Bah…. Si, les marches. L'escalier existe depuis la construction du château et des églises disparues. Au fait, en descendant compte les.

– Compter les marches ou les pierres ?

– Les marches, ce sera suffisant.

– Bon, on y va.

En quelques pas, ils traversent la petite place au sol en pente ombragée par cinq ou six vieux arbres. Matthieu se dirige vers le mur qui domine les falaises et s'arrête à côté de la plaque « descente Saint Pierre », il tend la main à Alice et commence à descendre. Près de cinq minutes leur sont nécessaires pour arriver en bas. Matthieu s'est arrêté à mi-hauteur pour expliquer à Alice que cet endroit était le lieu de la pause pour les femmes qui revenaient de faire la lessive dans le Loir pour les bourgeois qui les faisaient travailler. Alice annonce le nombre de marches qu'elle a comptées.

– Il y a cent quatre vingt dix neuf marches. J'ai fait attention.

– Oui. Mais on l'appelle la descente des deux cents marches

– Je me suis trompée ?

– Non. La dernière c'est là, la bordure de trottoir. Avant que les routes soient comme ça, il y avait une première grosse pierre

– Encore une pierre ! Tu m'avais pourtant dit que c'était fini pour aujourd'hui

– Excuses moi. Mais c'était bien ça. Bon, on va voir la rivière.

– Oui. Je te suis.

Les deux jeunes traversent le bras du Loir et se retrouvent sur une île. Ils regardent les nombreux canards qui réclament à manger en cancanant en s'approchant du bord. Ils continuent leur promenade et se retrouvent au bout d'un moment devant l'église Saint Jean. Matthieu ne s'arrête pas pour tenir parole et propose à Alice de revenir au centre ville. Malgré sa promesse, peu de temps après avoir franchi le Loir, Matthieu montre à Alice des grilles qui cachent sans doute des souterrains au pied de la falaise sous le château.

– Alice, il faut que je sache ce qui se cache derrière ces grilles. Je sais où sont les clés des cadenas et samedi soir, la semaine prochaine, j'irai.

– Et moi ?

– C'est comme tu veux. Il faudra s'habiller avec des combinaisons comme celle des mécaniciens ou des ouvriers sur les chantiers au cas où il faudrait ramper ou escalader quelque chose.

– Et sans doute au moins une pile pour voir clair !

– J'ai déjà ça à la maison en plusieurs exemplaires

– Donc ça veut dire que tu avais prévu depuis un certain temps cette sortie – ou entrée – sous terre.

– Bah… Euh ! Oui. Je n'osais pas t'en parler. Bon maintenant tu sais.

– Je ne sais pas grand-chose. Toi, tu sais ce il y a là-dessous ?

– Tu vas rire : il y a des pierres !

– Andouille ! Mais oui je vais y aller avec toi. On verra si les baisers ont le même goût dans le noir d'un souterrain !

– Oooh ! Viens dans mes bras !

Les deux jeunes s'étreignent un court instant et repartent vers le centre ville pour s'installer à leur terrasse habituelle.

Un cercle traversé par un trait : Quel est ce signe ?

Dans le cœur de la ville

Il est presque dix-neuf heures quand Alice traverse la place et rejoint Matthieu adossé au bord de la fontaine.

– Tu as le matériel comme on a dit ?
– Oui dans le petit sac à dos que j'ai pris.
– Bon c'est bien. As-tu aussi une pile ?
– Une lampe torche à tenir et une frontale comme tu me l'avais recommandé.
– On va à la maison, maman nous a préparé un repas rapide avant qu'on parte. On se changera après. Passé vingt heures trente il n'y a plus personne en ville dans notre coin. Sinon on se ferait remarquer avec notre tenue !
– Oui, Matthieu on y va, je commence à avoir faim.

Il est bientôt vingt heure trente quand Barbara voit sortir Alice de la chambre déguisée bientôt comme un scaphandrier

– Un casque avec des vitres et des boulons pour l'attacher aux épaules, tu es prête pour plonger dans le Loir !

– Non maman, ce n'est pas dans le Loir mais dans le noir qu'on va aller.

– Et c'est pour voir ou découvrir quoi ?

– Je ne sais pas exactement quoi, mais je pense qu'il y a une partie de la solution pour mes cailloux avec les marques

– Tu crois réellement à ça ?

– Oui, et je veux le trouver avec Alice. Depuis qu'on est ensemble, je sens que sa présence fait venir des choses à mon esprit.

– Tu me raconteras et toi aussi Alice. Au fait vous revenez à quelle heure ?

– J'en sais rien. On y sera au moins deux ou trois heures.

– Les enfants bonne promenade ! Je fais un café qui vous attendra au retour.

– Oui, maman. À tout à l'heure.

Matthieu et Alice descendent la rue tranquillement sans rencontrer âme qui vive. Matthieu montre à Alice une grille dans le rocher juste après la maison de style renaissance au pied du rocher sous le château. Tous les deux montent sur le petit promontoire et s'approchent de cette entrée mystérieuse. Une voiture arrive sur le pont. Matthieu se jette pour prendre Alice dans ses bras, et l'embrasse en l'enlaçant. Elle est surprise mais répond au baiser.

– Ceux de la voiture se diront qu'ils ont aperçu deux amoureux qui voulaient sans doute faire des choses dans un coin calme !
– Matthieu et si on le faisait !
– Non, pas tout de suite. On verra plus tard.

Matthieu sort les clefs de sa poche et ouvre le cadenas, il retire la chaîne de l'anneau scellé dans le mur et tire de toutes ses forces sur la grille. Il peine mais y arrive dans un grincement pas discret. En quelques secondes ils passent de l'autre côté et referment la grille. Matthieu repose la chaîne mais garde le cadenas dans une poche. Il allume sa lampe frontale et tenant Alice par la main l'entraîne dans le souterrain qui s'ouvre devant eux. Un coude à droite, cinq marches taillées dans le rocher, un coude à gauche, le plafond s'abaisse, le parcours n'est pas une ballade tranquille. Une chauve-souris les frôlent. Une dizaine de mètres plus loin Matthieu s'arrête : le souterrain se sépare en deux. Il sort de sous sa combinaison la puissante lampe torche qu'il n'a pas oubliée. Face à eux il voit sur trente ou quarante mètres puis le fond semble descendre brusquement.

Il vérifie une seconde fois et il tend le bras pour montrer à Alice

– Pour moi dans le bout, c'est le plafond qu'on voit ou un mur comme de l'autre côté d'un trou ou d'un puits.

– Je suis d'accord, ça doit être risqué, et à droite c'est quoi ?

Matthieu tourne la torche et voit le départ d'un escalier, les trois premières marches, après un coude à quelques pas.

– On va par là !

– Matthieu, as-tu pensé pour le retour. Il ne faut pas qu'on se perde, il faudra bien ressortir par la grille où on est entré !

– J'avais prévu et ça va être ton travail. Tiens prend cette enveloppe, il y a dedans des craies. Tu vas faire des flèches vers la sortie, le sens inverse de notre avancée à chaque carrefour de couloir ou de tunnel. Allez, vas-y marque derrière toi.

– Je fais quoi ?

– Pour moi, une flèche avec nos initiales au dessus et la date en dessous. Comme ça on verra à chaque fois qu'on reviendra, on ira plus vite surtout qu'on ne sait pas ce qu'il y a plus loin.

– Bon, je le fais et on continue.

Ils ont monté une trentaine de marches avant de déboucher dans une grande salle. D'une dizaine de mètres de côté, elle en fait bien autant de hauteur. Matthieu s'arrête et ne fais qu'un pas à l'intérieur. Alice se colle à lui et regarde par dessus son épaule. Le faisceau de la torche parcourt tous les murs et le plafond. Matthieu le fait passer plusieurs fois puis revient sur la paroi qui est à leur droite. Tout le bas semble taillé droit pour former comme une ban-quette. Alice prend la main de Matthieu et la serre fort au moment où il avance pour voir de près. Il se baisse pour voir le dessus et chasse la poussière qui s'est accumulée sur plusieurs centimètres d'épais-seur. Il le fait trois ou quatre fois puis s'immobilise et met presque le nez sur la pierre.

– Matthieu, tu fais quoi ? Il y a quelque chose ?
– Alice regarde, regarde là
– Là ? Où ? Quoi ?
– Là, au bout de mon doigt, il y a des marques de burin, un trait a été tracé. Aide moi à déblayer le dessus sur un bout, voir s'il y a autre chose.

Leurs mains se frôlent en poussant la poussière, presque du sable, Matthieu a les yeux fixés sur la surface qui se dégage. Il prend la main d'Alice en lui demandant d'arrêter.

– Ce n'est pas la peine d'aller plus loin, les traits ne sont sans doute que des repères pour tailler des pierres pour des constructions. Les espaces sont réguliers et j'ai cru voir des marques de tailles sur le devant de cette sorte de banquette. Fait le repère pour qu'on trouve le passage pour repartir.
– Je le fais, et après ?
– On continue encore un peu. Il ne faut pas qu'on rentre trop tard.

La lampe porte son faisceau sur tout le tour de cette grotte qui a sans doute été creusée par le main de l'homme. Matthieu prend son temps et cherche des marques ou signes mais ne voit rien. Alice lui fait remarquer qu'elle a vu deux passage en face d'eux et demande par où ils vont continuer cette ballade dans le noir des souterrains. Ses paroles laissent apparaître un peu d'anxiété et Matthieu le ressent.

– Alice, tu fais un repère sur celle de gauche en marquant « à voir » et, viens par là, on part dans

le souterrain de droite. Après tu mets la date d'aujourd'hui sous une flèche à l'entrée.

    – C'est fait, on y va. Mais au fait as-tu regardé
l'heure ?

    – Non. Pourquoi ? Ne t'inquiètes pas. On ne
va pas tarder à faire demi-tour. Viens, je sens que par
là on va trouver quelque chose.

    Une heure plus tard, Matthieu repose le cade-
nas sur la chaîne et ils reprennent le chemin de la
maison. La nuit est tombée. Alice tient à la main son
sac à dos qui semble être bien rempli. Matthieu lui
demande de lui donner

    – C'est pas trop lourd à porter ?

    – Non, pas pour l'instant. On va voir un peu
plus loin. Mais tu vas en faire quoi de cette découverte ?

    – Attend d'être arrivés à la maison. On va re-
garder avec ma mère.

    – D'accord mais je ne reste pas longtemps, j'ai
promis à mes parents de rentrer pas trop tard et de
leur dire ce qu'on a fait là-bas. Ils sont curieux aussi
de ce que tu cherches. C'est quand même drôle de
chercher des cailloux ! Et il y a la moitié de la ville à
traverser.

– Non, pas des cailloux mais des pierres avec des signes, des marques étranges. Je travaille ce matériau et je pense qu'on a devant nous des choses très anciennes. Donc je voudrais savoir comment elles sont arrivées là.

– Regarde, on est arrivé chez toi.

Barbara sort de la cuisine ayant entendu la porte s'ouvrir et les deux jeunes parler dans le couloir. Elle demande aussitôt

– C'est quoi ce sac qui semble bien lourd ?
– Un trésor. Viens on va dans ton atelier. Tu pourras sans doute nous aider
– Vous aider ?
– Viens.

Barbara repousse, au bout de sa table de travail, les esquisses et outils qui attendent pour le lendemain. Elle se recule et regarde son fils poser le sac et l'ouvrir. Il en sort deux pierres plates de vingt à trente centimètres de côté et un livre dont la couverture noire est comme mangée partiellement par des rongeurs.

Barbara prend en main une des deux pierres et l'essuie avec un chiffon puis lui donne un coup de brosse, celle qui lui sert pour nettoyer ses sculptures en fin de travail. Elle passe le doigt lentement sur toute la surface, se penche en s'approchant pour regarder en biais. Elle se redresse avec un sourire aux lèvres.

– Mes enfants, vous avez trouvé quelque chose de rare, pour moi c'est un modèle des signes que nous avons vu, et que toi tu cherches Matthieu, il y a des ronds, des carrés, des triangles avec des marques juste à côté de chaque motif.

– C'est où ?

– Regarde là Alice. Il y a un, puis deux ou trois petits traits entre le petit et le grand cercle.

– Je vois mais c'est quoi ?

– Demande à Matthieu, il est le spécialiste !

– Non maman, je ne suis pas spécialiste. Mais on va chercher ensemble.

– On regarde l'autre pierre

– Oui, je la brosse aussi. Oooh je vois des lettres et encore des petits traits.

– On range ces deux pierres quelque part pour ne pas les casser.

– Là-dessous. Il y a un espace à peine plus haut qu'elles. On ne pourra rien poser dessus. Et le livre, pose le ici.

– As-tu une brosse douce pour nettoyer la poussière. Je crains qu'il ne soit très fragile. C'est bien comme ça, je le retourne puis Alice tu l'ouvres. Prend des précautions comme pour un malade, tu sais comment faire, future infirmière !

– Mais où avez-vous trouvé tout ça ? Et surtout ce livre.

– Les pierres étaient entassées au bout de cette espèce de banquette. Il en reste une dizaine. On verra pour aller les chercher une autre fois. Pour le livre, il était dans une niche dans le mur derrière la pile de pierres. On n'en voyait que le haut après avoir pris nos deux pierres.

Alice prend délicatement la couverture à deux mains et la soulève. Une page de couleur ocre apparaît. Il y a quelques mots écrits en plein milieu. Alice ouvre en grand la couverture lentement mais s'arrête avant qu'elle soit à toucher la table, la jonction avec les pages intérieures commence à se déchirer. Barbara lui dit de ne plus bouger et va chercher des morceaux de bois pour caler la couverture en position demi-ouverte. Alice dit

– Il est fragile, je n'en ai pas fait exprès que ça casse.

– Non Alice tu ne pouvais pas le savoir. Il a certainement plusieurs siècles ce livre. Bon on regarde ce qui est écrit sur cette page.

– Matthieu, je vais chercher des gants dans la cuisine, il faut éviter de toucher directement ces vieilles feuilles, elles sont fragiles et nos doigts peuvent être collants de sueur. Elles sont déjà avec des manques et des trous. J'ai vu des chercheurs faire comme ça quand je faisais mes études aux beaux arts. Vous ne touchez à rien.

Barbara revient après avoir enfilé des gants de cuisine. Elle attend un peu puis pince entre ses doigts de la main gauche la première page. Elle la soulève lentement en se penchant pour voir dessous. Un large sourire apparaît sur son visage. Alice qui la regarde lui demande :

– Vous voyez quelque chose ?
– Oui Alice. Et c'est beau !
– C'est quoi maman ?
– Je la tiens ouverte. Venez voir par là !

Alice et Matthieu font le tour de la table et s'approche du bord de la table. Ils se cognent la tête. On n'entend qu'un Hooo ! De surprise.

Il y a des traits qui semblent être le dessin d'une façade d'église. Une liste de mots sont inscrits sur la page suivante. Chaque mot est suivi de traits verticaux. Barbara soulève la deuxième feuille, c'est la même chose mais le dessin serait celui d'une maison. La dizaine de pages présente la même configuration. Barbara referme et regarde Matthieu et Alice :

– Vous avez certainement découvert un grand trésor qui doit conter l'histoire de la ville. Je ne sais pas de quel siècle –je dis bien siècle– il est. Pour moi, il a plus de trois cents ans. Je vais redessiner la façade de l'église et il va falloir trouver où elle se trouve. Matthieu, je vais l'envelopper dans un torchon puis le ranger dans le placard de mon atelier. Il n'y a pas trop d'humidité. Et surtout vous deux, pas un mot de votre expédition.

– Je vais quand même le dire à mes parents

– Bien sûr Alice, mais tu leur demandes de ne rien dire autour d'eux.

– Matthieu viens ici à côté de moi.

– Pourquoi ?

– J'ai des choses à te dire au creux de l'oreille.

Barbara se lève et laisse les deux amoureux seuls.

Alice est attendue par son père et sa mère quand elle rentre, il est minuit passé. Ils sont tous les deux devant la télévision mais l'éteignent dès qu'ils entendent la porte s'ouvrir. Alice est surprise de les voir debout devant la table du salon où il y a une bouteille entamée et deux verres à demi-plein et un autre vide.

– Fallait pas m'attendre, je suis assez grande.

– On le sait, mais tu sais tes mystères avec Matthieu nous intéressent de plus en plus. Alors, elle a servi ta combinaison de cosmonaute ?

– Oui et mieux que je le croyais

– Ah bon ! Et vous avez trouvé quelque chose ?

– Oui, un trésor en plusieurs épisodes.

– Un feuilleton ? Il est en couleur ou en noir et blanc ? Et il y a beaucoup d'acteurs ?

– Vous verrez demain, venez avec moi chez Barbara.

– Chez Barbara ou Matthieu ?

– C'est la même maison. Bon je vais me coucher, je suis fatiguée de cette soirée.

– Bonne nuit, à demain, ou plutôt à ce matin ! Nous on va se coucher aussi.

Il est presque quatorze heures quand la sonnette fait venir Matthieu à la porte, il sait que c'est l'heure habituelle d'arrivée d'Alice le dimanche. Il ouvre et fait un pas en arrière avec une réaction d'inquiétude : il ne voit pas Alice mais ses parents.

– Alice n'est pas là ? il lui est arrivé quoi ?

Il entend un grand éclat de rire en réponse : c'est Alice qui s'était mise sur le côté et cachée par sa mère. En une seconde elle est dans ses bras. Barbara arrive à son tour et salue Monique et Roland en leur demandant la raison de leur venue. Roland lui répond

– Vous devez vous en douter. Alice nous a dit qu'il y avait un trésor ici. On vient voir si on peut le découvrir.
– Vous allez être déçus : deux bouts de pierre et trois de papier et de carton.
– Elle nous a dit que c'était mieux que ça.
– Entrez je me doutais que vous viendriez et le café finit de passer.
– Merci.

Autour des tasses de café et de petits gâteaux, les deux jeunes narrent par le détail leur soirée dans les sous-sols de la ville. Ils racontent tous les gestes qu'ils ont faits pour arriver à leur découverte que Matthieu dit exceptionnelle. Un deuxième café est servi avant que tous se dirigent vers l'atelier. Barbara, entrée la première, va directement à son placard et en sort le livre. Elle déplie le torchon, pose le tout sur sa table de travail et soulève la couverture. Roland s'approche et regarde, le nez presque à le toucher. Il se redresse et pose la main doucement sur le carton. Il caresse la couverture, la pince entre deux doigts puis se recule

– Vous avez là un livre qui peut être du moyen-âge. J'ai déjà senti sous mes doigts ce toucher si particulier d'un revêtement comme une peau sur du carton. C'était dans des archives d'un musée quand j'étais en fac. La couleur, la douceur, ça me dit quelque chose. Attention les enfants, c'est plus que fragile !

– Tu es sûr papa ?

– Tu sais Alice, les souvenirs des choses exceptionnelles restent gravées longtemps. C'est ce que je ressens.

– Bon alors, on peut faire quoi maintenant ?

– Barbara, je vois que vous avez mis les gants, tournez une feuille.

– On l'a fait hier. C'est une surprise. Regardez.

Roland et Monique se sont mis de chaque côté de Barbara et regardent par dessus ses épaules. Ils restent figés quand l'esquisse de la façade de l'église apparaît. Monique en tremble et Roland bégaye un peu

— C'est quelle église ?

— Eh bien il faut trouver. Dans ma mémoire ça ne me dit rien – reprend Matthieu -. Tout ce que je sais c'est que six ou sept églises ont été détruites dans Châteaudun au cours des siècles.

— Et toi Alice tu en penses quoi ?

— Papa, rien ou si, je crois qu'on débute une aventure.

— C'est sûr. Avec ta mère, est-ce-qu'on peut participer ?

— Et moi ? Intervient Barbara.

— Je crois qu'on est tous sur le même grand bateau ! Samedi prochain on retourne dans les sous-sols, ceux qui veulent venir sont bienvenus !

— On voit ça ! Monique tu viendras ou pas ?

— Non, je resterais plutôt avec Barbara.

— Alors rendez-vous ici à vingt heures trente, mais n'oubliez pas de bonnes lampes et un pull sous la veste.

— Et une brosse ou une balayette et un sac à dos bien solide.

— Matthieu, il faut éviter de descendre à pied. On pourrait se faire remarquer. La voiture peut-on la garer juste à côté de ton entrée de souterrain ?

– Bonne idée. On la laissera sur le petit parking avec le puits.

Et on fait quoi maintenant ?

– On va voir là-bas mais on y va en promeneurs

– D'accord. On reprend le parcours des pierres gravées.

– En route.

– Je viens aussi, je n'ai pas d'urgence dans mon atelier.

Les cinq sont rapidement arrêtés rue de la Madeleine au carrefour avec la rue du Guichet. Matthieu fait le guide. Tous restent figés devant le mur et se penchent même pour voir les traces gravées dans les pierres : cercles, demi-boules ou cœurs. La promenade continue en descendant la rue de la Madeleine. Alice s'arrête devant l'institut où elle continue sa formation puis rejoint le groupe qui est arrêté devant la maison renaissance au coin de la rue de la Cuirasserie dont le nom est gravé dans sa façade. Matthieu n'est pas avare de ses commentaires, les guides de la ville ne feraient pas mieux !. La rue est désormais en pente et a changé de nom : c'est la rue des Huileries. Ils font une pause pour lire le petit panneau qui donne des informations sur la vieille maison en pans de bois qui est appelée la maison de la Vierge. Ils arrivent sur la petite place où se rejoignent plusieurs rues et d'où l'on voit le Loir et le moulin. Matthieu, tenant la main d'Alice se dirige vers le pied du rocher sous le château et monte sur le petit espace qui est devant une grille. Il explique, à voix basse, que c'est le point de départ de leur expédition de la semaine dernière. Ils reviennent sur le trottoir et proposent de continuer la balade en prenant la rue qui est sous le château et de rejoindre le centre ville par la descente du mail qui est plus facile que la montée des deux cents marches. Roland et Monique regardent en tout sens ce coin de la ville et c'est au tour de Barbara de faire le guide. Ils font un détour par le moulin et traversent pour aller sur l'île. Les canards viennent à leur rencontre mais sont déçus : ils n'auront rien à manger. L'entrée des grottes du Foulon les incite à y entrer. Ils en repartent avec une documentation. Roland fait un commentaire repris par Matthieu sur ces emplacements souterrains qui se visitent et qui parlent de temps très anciens. Au fur et à mesure qu'ils montent la promenade du mail, le point de vue se dévoile et Monique n'arrête pas de s'extasier:

– Un château énorme, une vallée et un point de vue au lointain, jamais j'aurais cru découvrir çà ici. Châteaudun est mieux que ce que je croyais quand on est arrivé ici.

– Maman, il faut sortir. Ce n'est pas en restant à la maison qu'on découvre la ville où on vit.

– Toi, tu as trouvé un guide exceptionnel qui t'emmène dans des endroits interdits.

– Maman étant jeune n'as tu pas bravé quelques interdits ?

– Non. J'ai toujours été sage

– Moi ce n'est pas ce que je dirai ! reprend Roland

– Ah bon. Mais avec toi j'avais le droit

– Sans demander l'autorisation à ta mère !

– Bon. Regarde donc là-bas, il y a un petit avion.

– C'est ça, détourne la conversation ! Bon j'arrête aussi, c'était il y a longtemps et on est là avec Alice et peut-être le début d'une nouvelle famille.

– Bon, changeons un peu. On est arrivé devant le monument en hommage aux vaillants combattants de la guerre de 1870. Et là un peu plus loin à gauche c'est le musée.

Matthieu s'écarte un peu avec Alice, lui prend les deux mains et la fixant droit dans les yeux lui dit :

– As-tu bien entendu, comme moi, ton père parler d'une nouvelle famille ?

– Oui. Et tu penses à quoi ?

– Rien

Matthieu l'attire dans ses bras et l'embrasse sans s'occuper si quelqu'un les regarde.

Un triangle à côté d'une boule.
Les boules semblables sont nombreuses.

De nouvelles surprises

Tous les soirs de la semaine, dès son retour du chantier Matthieu va directement dans l'atelier de sa mère et admire les deux pierres qu'il a sorties du souterrain sous le château. Il pense avoir retrouvé un ou deux tracés proches de ceux qu'il a découverts sur les soubassements des maisons anciennes du centre ville.

Samedi, il est onze heures quand la sonnette fait sortir Barbara de son atelier. Elle ouvre la porte et se trouve face à Monique qui lui dit aussitôt :

– Bonjour Barbara. Ne t'affole pas, tout va bien. Ce soir, ils partent en exploration avec Roland. Nous allons manger ici tous ensemble, j'apporterai ce qu'il faut, même le pain et un petit en-cas pour leur retour.
– Merci Monique. Tu as une bonne idée. Je m'occupe d'une bonne bouteille. Tu viens à quelle

heure pour préparer ?

– Je serai là vers cinq heures. D'après Alice et son père, ils ne mangeront pas trop tard, sans doute vers dix-neuf heures et ils partent.

– Ça ne t'inquiètes pas ces recherches sous terre ?

– Je commence à m'y intéresser. Matthieu a quand même des drôles d'idées.

– Sais-tu comment ça l'a pris ?

– Non

– Eh bien, il était à l'école maternelle. Un soir en rentrant à la maison, il n'a pas vu une marche qui dépassait sur le trottoir. Il a buté et est tombé. Sur le côté il y avait cette marque que j'ai prise en photo et tu devines la suite… il a décidé d'être maçon et de travailler la pierre et il s'intéresse aux vieilles constructions

– Et il a embarqué Alice !

– Ils sont bien tous les deux.

– Oui. Bon, je me dépêche, j'ai trois courses à faire. À tout à l'heure.

– Oui, à tout à l'heure. Je ne dis rien à Matthieu. Il est en ville pour l'instant.

– C'est bizarre c'est ce que m'a dit Alice aussi.

Les deux mères éclatent de rire et s'embrassent en se redisant à ce soir.

Les discussions sont animées autour de la table, Roland, sans doute plus réfléchi que les deux jeunes, demande à plusieurs reprises à Matthieu ce qu'il cherche exactement dans ces souterrains et sur ces pierres et pour quoi faire.

– Une pierre est une pierre même si elle est carrée et avec un dessin dessus.
– Justement, si elle est comme ça c'est que l'homme l'a travaillée et j'ai commencé ce même métier. Donc, comme j'ai toujours aimé l'histoire, je cherche.
– Tu cherches ton ancêtre ?
– Si on veut.
– Un ancêtre ou un fantôme ?
– Une personne a toujours son fantôme.
– Moi j'aurais le mien alors
– Ce n'est pas tout à fait ça Alice. Il y a des mystères et on va peut-être en découvrir un tout à l'heure.
– Oh ! Tu m'as fais peur.
– Non, on sera deux avec toi !

À vingt heures trente, Roland, Alice et Matthieu s'équipent avec leurs combinaisons de mécanicien que Barbara appelle la tenue de cosmonaute. Matthieu prend son sac à dos et y glisse deux lampes torches et demande à Roland s'il est prêt.

– J'ai le sac, des gants, la lampe et une dizaine de craies pour marquer notre passage. Alice m'a dit que ce serait moi qui en serait chargé.
– Oui Matthieu, j'ai demandé ça à papa . Moi je me charge de la brosse. On part quand ?
– En route.
– Oui, la voiture est là, on va jusque là-bas. Au fait Matthieu tu as la clé ?
– Bien sûr, dans la poche de ma veste.

Vingt et une heures sonnent à la mairie quand Matthieu tire la grille sur eux. Ils sont de nouveau dans le souterrain. Le début de l'avancée se fait plus rapidement jusqu'à l'entrée dans la grande salle grâce aux marques qu'Alice avait faites. Matthieu va directement au bout de la banquette et regarde le tas de pierres où il en avait pris deux. Alice arrive derrière lui et lui propose de les nettoyer une par une pour voir s'il y a aussi des marques. Elle n'attend pas sa réponse et commence aussitôt. Au bout de dix minutes elle appelle Matthieu et lui montre deux pierres avec des marques comme celles de l'autre semaines. Par contre il y en a une dizaine qui sont bien lisses. Matthieu ne peut se retenir et l'embrasse dans le cou au moment où Roland l'appelle.

– Oui, vous avez quelque chose ?
– Venez tous les deux, c'est là devant moi.

Matthieu et Alice viennent aussitôt et entourent Roland qui tient dans la main un livre de grandes dimensions. Il semble être deux fois plus grand que celui que Matthieu avait trouvé. Il le pose au sol et l'éclaire de sa lampe torche. Une partie de la couverture est plus claire et comme déchiquetée. Il y a quelques bribes de mots dans une écriture étrange avec des ronds et des boucles parsemés sur toute la surface.

– Matthieu, on va voir plus loin ou on repart avec ce livre ?
– On avance encore pendant au moins une demi-heure et s'il n'y a rien, on rentre.
– D'accord, alors en route.

Roland arrête la voiture devant chez Barbara à bientôt vingt-trois heures. Alice est la première à descendre. Monique et Barbara attendaient avec impatience et aussitôt demandent

– Vous avez trouvé quelque chose ?

– Soyez patientes.

– Alors c'est quoi ?

Roland entre à son tour et annonce que cette sortie a été positive. Matthieu le suit, ferme la porte et va directement dans l'atelier, allume les lampes et pose son sac à dos sur la grande table. Il l'ouvre et pose deux nouvelles pierres, découverte du soir. Il reste sans rien dire et fait un geste vers Roland. Il s'avance à son tour. Alice regarde sa mère et Barbara avec un léger sourire. Elles ne tiennent pas en place

– Alors c'est quoi Roland ? Tu nous caches quoi ?

– Et oui, le voila !

Il pose le livre à côté des deux pierres et se recule. Monique et Barbara se baissent à poser le nez dessus, se relèvent et demandent à Matthieu et Roland ce que peut-être ce livre.

– Nous ne l'avons pas encore ouvert. On vous laisse le faire.

– Non, moi je ne peux pas, fais le Barbara.

– J'y vais. Je mets d'abord des gants. Par contre je peux vous dire que l'écriture sur la couverture est un genre de gothique pratiqué dans les années mille quatre cent. Je me doute de ce qu'il y a à l'intérieur.

Barbara soulève délicatement la couverture et regarde la première page. Elle est incomplète, il manque des morceaux sur les angles. Il y a des mots écrits de façon étrange.

– C'est bien ce que je pensais ! Ce pourrait être un registre d'église. Il est déjà bien abîmé. Il faudra faire attention en le manipulant et faudra voir des spécialistes pour déchiffrer ce qu'on croit être des écrits .
– Je vois un gros problème
– Quel problème Roland ?
– C'est certainement un livre inestimable qui est de l'histoire de la ville. On ne va pas pouvoir le garder. Si un expert vient nous aider on risque des ennuis.
– Des ennuis ?
– Genre être accusé de vol ou de violation de domicile avec les visites dans les souterrains.
– On le range avec précautions dans un endroit bien sec. Je prend des photos de la couverture et de la première page. J'espère trouver quelqu'un pour nous dire à quoi ça correspond.

– Bonne idée papa, mais moi j'ai faim, est-ce qu'il reste quelque chose de tout à l'heure ?

– Retour dans la cuisine, il y a un gâteau qu'on a fait avec Monique.

Dimanche vers quinze heures, Alice retrouve Matthieu devant la fontaine, ils se comportent comme les amoureux qu'ils sont avant de s'installer à la terrasse de leur café habituel. Pendant un quart d'heure, ce ne sont que des gestes et des paroles d'amoureux que les deux jeunes s'échangent sous le regard attendri de leurs voisins de table. Alors que la cloche de la mairie annonce la demie, Alice demande à Matthieu s'il a une idée de ce qu'il va faire du livre qu'ils ont rapporté cette nuit.

– Je ne sais pas encore. Le problème c'est qu'on va nous demander où on l'a trouvé et on risque la prison pour être entrés dans les souterrains

– Tant que ça !

– Oui. Pour l'instant on ne dit rien mais je vais photographier une ou deux pages et chercher un expert en écriture ancienne.

– Et les pierres ?

– On les garde. Je vais comparer les signes qu'il y a dessus avec ceux dans les murs en ville.

– Et après ?

– J'ai ma petite idée. Pour moi, les mêmes signes doivent provenir du même endroit. Soit de la carrière où elles ont été extraites, soit de l'endroit où elles ont été posées, une maison, une église, je ne sais pas pour l'instant. J'ai lu dans un livre qu'il y a eu un grand incendie et pour reconstruire les maçons devaient prendre tout ce qui restait dans les décombres.

– Tu es fou !

– De toi !

Un baiser vient clore cette discussion, Matthieu règle les cafés et ils partent voir les pierres dans l'atelier de Barbara. En arrivant ce n'est pas Barbara qui leur ouvre la porte mais Roland avec dans son dos Monique. Les amoureux sont surpris de les voir et demandent s'il s'est passé quelque chose pour qu'ils soient là

– Bonjour Matthieu. J'ai l'impression que tu m'as transmis ton virus de la recherche des vieilles pierres. Les marques que tu m'as montrées et tes explications m'intriguent.

– À ce point là !

– Oui. Mon travail est basé sur l'amélioration du travail et des produits finis qui sortent de l'usine.

Tes recherches c'est un peu dans le même genre. Puis tu as entraîné Alice avec toi.

– Je ne l'ai pas entraînée, c'est elle qui me suit

– Et pourquoi crois-tu que je te suive ?

– Alice, j'en suis sûr, le même sentiment que moi.

Matthieu prend la main d'Alice, l'attire et la prenant dans ses bras l'embrasse longuement.

– Bon, les jeunes, si je suis de trop, je m'en vais.

– Non, restez. On va dans l'atelier regarder ce nouveau livre qui paraît si ancien.

– J'ai apporté mon appareil photo. On va en prendre plusieurs. Tu avais émis l'idée d'en prendre deux ou trois hier. Avec Monique, on en a parlé hier soir. Un de nos cousins a fait des études d'histoire et il est professeur dans une université. Alice tu te rappelles de ton oncle Lucien ?

– Oui, vaguement.

– On l'a appelé ce matin au téléphone et il est intéressé.

– Vous avez fait ça !

– Oui. Bon ! On y va, il faut choisir ces pages à photographier.

– Doucement, il est fragile.

Deux heures plus tard, Monique et Roland embrassent Barbara et s'en vont en demandant à Alice de ne pas tarder à rentrer, il faut qu'elle pense que demain elle a un examen à dix heures. Matthieu est toujours dans l'atelier et compare les marques sur les différentes pierres. Il les a dessinées sur un cahier et les numérote. Il tourne et retourne les pages, fixant ses dessins, reprend une pierre, la pose à côté de la pile, en reprend une autre. D'un coup il s'arrête et reste immobile, figé, le regard fixe. Alice à son côté le regarde, inquiète, et lui demande

– Matthieu, qu'est-ce qui t'arrive ?
– J'ai une idée, je crois que j'ai trouvé quelque chose. Je vais approfondir cette semaine et on ira un samedi .
– On ira où ?
– Tu verras. Sans doute une partie de la solution aux questions que je me pose.

Chaque soir de la semaine, Matthieu fait un détour par l'église Saint Lubin et avance mètre par mètre le long des murs qui sont les seuls éléments de l'église d'origine. Il s'attarde au pied des ouvertures où les pierres sont taillées avec des creux, des arêtes et des nervures. Le jeudi soir, alors qu'une personne lui demande les raisons de sa présence au milieu de ces vestiges, il se met à se frotter les mains et fait des petits sauts sur place. Il se tourne vers l'homme qui l'a interpelé et lui dit :

– Je cherchais quelque chose et votre arrivée m'a fait bouger un peu la tête et je vous dis merci, car j'ai trouvé. Merci.
– Ah bon. Une pierre précieuse était cachée par là ?
– Si on veut. Vous en entendrez peut-être parler dans les semaines qui viennent. Bon, encore merci et au revoir.

L'homme est resté bouche bée et regarde Matthieu repartir par la vieille rue Saint Lubin en suivant sa pente descendante et en chantonnant. Barbara est surprise d'entendre son fils siffloter et même chantonner. Elle va le rejoindre dans l'atelier et le voit manipuler une fois de plus les pierres taillées qu'il a récupérées dans les souterrains sous le château.

– Tu parais heureux. Il y a longtemps que je ne t'ai pas entendu chanter ainsi
– Oui maman. Je crois que j'ai la solution des inscriptions. J'ai trouvé un repère à l'église Saint Lubin.

– Tu vas devenir un grand archéologue en pierres de Châteaudun !

– N'exagère pas. Je cherche dans ce qui me plaît. Et puis je peux me tromper. Je vais y retourner demain. Je prendrai des photos et je t'expliquerai.

– D'accord. Et au fait ton chantier de réfection du mur à l'ancienne, il en est où ?

– Les piliers sont montés et la semaine prochaine on fait les chapeaux en tuiles plates.

– Tu m'y emmèneras, ça pourrais m'inspirer pour des bustes.

– D'accord, dans trois semaines, on ira le samedi et on fera un détour par un endroit important pour mes recherches.

— Oh ! Bien monsieur le chercheur. À tout hasard, tu as peut-être faim, la table est mise. C'est quand tu veux.

– J'arrive. Je me lave les mains.

Le dîner est rapidement mangé et Matthieu retourne dans l'atelier. Il manipule une fois de plus les pierres, relit le cahier avec les dessins. Il est plus de vingt-deux heures quand il gagne son lit.

Depuis peu la météo a changé et il pleut un jour sur deux. Les jours sont plus courts. Matthieu et

Alice, quand ils sont ensemble, se penchent souvent sur les pierres qu'ils ont ramenés sans savoir comment les classer. Barbara a emballé le très vieux livre dans un drap et le maintient rangés dans son placard avec en plus un carton dessus pour le protéger. Le dernier dimanche d'octobre Barbara et Matthieu ont été invités à manger chez Alice et ses parents. Les deux amoureux ont été sur le grill, Roland demandant même s'il devait leur chercher un petit nid pour leurs amours. La réponse de Matthieu a été rapide

  – Pour l'instant, nous sommes heureux ainsi. Nous verrons ça plus tard quand Alice aura fini ses études et peut-être qu'à ce moment là j'aurais trouvé la solution de mes cailloux.

  – Tu n'as donc pas tout trouvé ? Pourtant l'autre jour en revenant de l'église Saint Lubin tu avais dit avoir la solution.

  – La solution pour certains signes mais pas tous. Sur toutes les pierres qu'on a sorties du souterrain, il y en a deux qui correspondent. Les autres

  – Les autres quoi ?

  – Alice on verra la semaine prochaine.

  – Ah ! Et on verra quoi ?

  – Chuut ! Je te le dirai tout à l'heure. C'est un secret !

  – Donc nous, on ne saura rien ?

– Surprise. Avec Alice on est assez grands pour avoir des secrets.

– Bon, on n'en parle plus, voici le dessert, une tarte maison

– Bravo Monique, j'espère qu'elle est aussi bonne qu'elle est belle.

Le repas se termine sans que les projets de vivre ensemble des deux jeunes reviennent dans les discussions. Alice et Matthieu quittent la table et rejoignent la chambre de la jeune fille. Matthieu lui explique ses projets pour la semaine qui vient en lui demandant de ne rien dévoiler. Alors que le soleil baisse sur l'horizon, Barbara se prépare à rentrer et demande à Matthieu s'il vient. La réponse est négative et il referme la porte de la chambre.

Toute la semaine Matthieu, sur le chantier, continue son travail sérieusement avec la finition des dessus du mur en pierres taillées avec des tuiles plates. Ce travail moins prenant côté physique lui permet de discuter un peu avec son patron. Il lui avait déjà parlé de sa découverte des pierres gravées dans la ville. Son patron lui propose d'en parler au moment du casse-croûte de midi. Matthieu est impatient et se dépêche d'avancer encore de trois ou quatre mètres son chapeau de tuiles pour finir cette partie qui longe la rivière avant la fin de la journée.

– Alors Matthieu toujours à la recherche de tes signes étranges sur les pierres ?

– Oui. J'ai, je crois, maintenant un début de solution

– Oh ! Et c'est quoi ? Si tu veux bien me le dire.

– J'ai trouvé des pierres ailleurs que sur les murs avec des marques

– Les mêmes ?

– Non. Mon idée c'est que les marques sont les mêmes soit selon leur origine soit sur les murs où elles étaient posées

– Elles sont sur des murs

– Oui et non. Les murs où on les voit ont été reconstruits après le grand incendie de 1723. Les maçons ont dû reprendre les pierres des ruines pour les reconstructions.

– Drôle d'idée ! Et alors ?

– Je suis sûr que ces pierres taillées avaient déjà été réutilisées.

– Et pourquoi ?

– Vers la fin du seizième siècle, la ville a subi de nombreuses destructions ou incendies, à commencer par les guerres de religions et Henri IV.

– Ho ! Là ! Me voila avec un professeur d'histoire qui connaît la maçonnerie ! Bon on voit ça demain, il est l'heure de retourner au boulot.

– Oui patron, j'attaque le solin dessus.

Ce R est-il l'initiale d'un tailleur de pierres ?

Des recherches ailleurs

Samedi, il est à peine treize heures trente quand Matthieu arrête sa voiture devant la maison des parents d'Alice. Elle sort aussitôt et tombe dans les bras de son amoureux.

– Ma chérie as-tu préparé ce que je t'ai demandé ?

– Oui, là c'est plus facile on ne va pas dans des souterrains, tu m'as dit.

– Oui mais il faudra marcher en tout terrain… et peut-être ramener des pierres !

– Encore !

– Tu sais que c'est presque une maladie pour moi

– Et elle est contagieuse a dit mon père. Bon tu entres, papa et maman sont là.

– Oui.

Un quart d'heure plus tard, la voiture quitte le centre ville et se dirige vers le sud. Alice s'inquiète et demande si Matthieu va lui faire visiter le château de Blois ;

– Non, d'ailleurs tu vois on change de direction et on a encore moins d'une dizaine de kilomètres à faire.
– Ouf ! Je préfère et puis c'est dommage aussi, il doit y avoir des vieilles pierres au château !
– Il y en a aussi où on va.

Matthieu arrête la voiture dans l'entrée de ce qui pourrait être un champ ou un ancien chantier. Un panneau d'entrée interdite est accroché à une chaîne tendue en travers du passage. Matthieu montre le terrain à Alice. On ne sait pas si c'est une ancienne carrière ou une décharge de vieux matériaux. Des arbustes poussent un peu partout, des ronces courent sur des tas de quelques fois trois mètres de haut. Matthieu descend et fait quelques pas en regardant dans tous les sens. Il revient à la voiture et reprenant le volant la gare autrement en venant se coller à la chaîne. Il coupe le contact et invite Alice à descendre. Ils se faufilent tous les deux sous la chaîne et partent dans le terrain. Matthieu se dirige vers le fond, à une quarantaine de mètres, où il y a comme un mur. Il avance lentement ses pieds restant accrochés plusieurs fois par des ronces. Alice suit en essayant de poser ses pas dans les siens. Une paroi verticale se dresse derrière de nombreux arbustes. Ils poussent sur des tas de cailloux ou de pierres plus ou moins grosses. Matthieu avec le bras écarte deux ou trois branches pour pouvoir tendre la main et toucher ce mur brut. Il se penche et sa main droite commence à caresser la matière. Alice à moins d'un mètre de lui le regarde faire.

– Tu caresses quoi ? Et ça te donne le sourire, le sourire d'un bienheureux

– Si tu veux, c'est un peu ça. J'ai l'impression que je touche les mêmes pierres que celles qu'on a trouvées dans le souterrain.

– Tu es sûr ?

– Presque. Attends je cherche autre chose.

– Et c'est quoi ?

– Des traces de taille

– Comment ça se voit ?

– Des marques de burin ou de pic. Tiens là, il y en a une.

– Où ?

– Avance, là derrière la branche où il y a un nid, au-dessus de la fourche. Je t'écarte pour que tu passes.

– C'est le trait en creux que tu me montres ?

– Oui, c'est le début du tracé d'une pierre rectangulaire, tiens, regarde, à une quarantaine de centimètres il y en a un autre.

– Ah oui, je le vois. Et pour toi c'était un repère.

– Oui. Je vais regarder plus loin. Donne moi la main, on avance par là.

– Et tu crois qu'il y a encore quelque chose ?

– Il faut regarder pour trouver. Tiens, là, il y a un bout qui dépasse, une arête d'au moins vingt centimètres. Reste ici, je retourne à la voiture, j'ai apporté des outils

– Des outils ? Tu veux faire quoi ?

– Tu verras bien.

Matthieu part le plus vite qu'il peut en évitant les tas et les ronciers. Il ouvre le coffre de la voiture et prend sa mallette et retourne au fond du terrain. Alice n'a pas bougé. Matthieu ouvre sa mallette et en sort deux burins et une massette, des outils qu'il utilise presque tous les jours. Il se met à l'ouvrage. En trois minutes il a ce qu'il voulait : un morceau de l'arête, un morceau de ce matériau qui a certainement produit des pierres pour les constructions de la ville, une de ces pierres avec des gravures étranges. Il donne le morceau à Alice, il range ses outils et repart vers la voiture en chantonnant. Alice lui fait la remarque que c'est la deuxième fois que des pierres lui font cette réaction

– Oui et c'est parce que j'avance dans mes recherches et je pense arriver à la solution dans peu de temps.

Le retour se fait sans qu'Alice ne pose de questions, elle regarde Matthieu conduire tranquillement avec un léger sourire, un visage de bienheureux, presqu'un visage d'ange pense-t-elle. Arrivé à la maison, Matthieu part directement dans l'atelier de sa mère et va droit vers les morceaux de pierres sorties des souterrains. Il les étale sur la table et pose ce qu'il a taillé dans l'ancienne carrière. Il regarde de près, se penche, le caresse, souffle dessus, le prend dans la main droite et en prend un du tas dans sa main gauche. Il les fait tourner devant ses yeux comme un joaillier avec des diamants. Alice est restée immobile à la porte et Barbara regarde par dessus son épaule. Le petit manège dure plus de cinq minutes avant que Barbara demande

– Alors combien vaut ce trésor que tu tiens dans ta main ?

– Pour beaucoup ce n'est qu'un caillou, mais pour moi ce n'est peut-être pas un trésor en valeur marchande mais le début de la solution aux problèmes que je me pose.

– Bien monsieur le professeur. Le prochain cours est à quelle heure ?

– Alice, tu sais bien ce que je veux dire.

– Oui. Et la semaine prochaine on y retourne ou on va ailleurs ?

– Je ne sais pas encore. Mais il faut que je trouve autre chose. En attendant, il y a quelque chose que je n'ai pas besoin de chercher

– Ah ! Et c'est quoi ?

– Toi, viens dans mes bras, c'est grâce à toi que je fais toutes ces recherches.

Barbara les regarde quelques secondes, sourit, fait demi-tour et retourne dans la cuisine.

La semaine a paru longue à Alice, elle n'a pu passer qu'une fois le soir et elle n'a vu que Barbara, Matthieu travaillant plus tard pour finir le chantier pour le vendredi. Samedi, elle est arrivée dès treize heures en ayant apporté ses vêtements pour aller fouiller dans les souterrains ou ailleurs. L'étreinte des amoureux est brève et Matthieu se recule d'un pas en gardant les mains d'Alice dans les siennes

– On prend tout à l'heure une autre direction. Tu peux te mettre en tenue pour aller dans des grottes. J'enfile ma veste et je prend les clés de la voiture.

– Tu peux peut-être me dire où on va ?

– Pas loin, moins loin que l'autre jour. C'est au bord du Loir. Allez on y va. À cette endroit il y a eu des champignonnières, on va peut-être en retrouver pour mettre dans une omelette !

– Tu sais reconnaître des pierres ! Mais as-tu déjà vu des champignons comestibles ou non ?

– Heu.. Non, mais toi tu as dû l'apprendre.

– Oui. Mais ce n'est pas ça qu'on va chercher. Arrête de causer et en route.

Dix minutes plus tard, la voiture s'arrête à proximité du Loir en ayant suivi une route qui longe la rivière bordée de jardins bien entretenus. De l'autre côté ce sont des collines boisées. Pas une habitation dans cette partie du village. Matthieu manœuvre pour ranger la voiture sur une petite place qui est face à l'entrée d'une grotte dont on devine l'entrée derrière une haute palissade. Une découpe indique une porte qui est fermée par une chaîne avec deux cadenas. Matthieu descend de la voiture suivit par Alice. Il regarde sa montre et part le long de la rive dans le sens du courant. Il fait une centaine de mètres puis revient. Alice qui était d'abord restée appuyée sur le capot de la voiture, se décide à le rejoindre.

– C'est au bord de l'eau qu'on va ? C'est bon en été mais là il fait plutôt frais.

– Je te rassure, j'attends le propriétaire de cette grotte. Il l'appelle sa champignonnière. Nous sommes arrivés avec dix minutes d'avance sur l'heure du rendez-vous. Tiens regarde là-bas, il arrive en vélo.

– Bonjour les jeunes. Alors c'est vous qui cherchez des vieux cailloux ?

– Bonjour monsieur. Oui c'est un peu ça. L'autre jour au téléphone vous m'avez confirmé que des vieux documents indiqueraient que ces grottes étaient en réalité des carrières qui ont fourni des pierres de taille pour des constructions dans la région.

– Oui. D'ailleurs il faut aller jusqu'au fond de la grotte. La paroi du fond est bizarre pour moi, ce ne sera peut-être pas pareil pour vous.

– Je vous le dirai dès qu'on y sera.

– Bon, en route, je vous ouvre et vous guide.

Le portail en bois est ouvert et Matthieu avance en tenant Alice par la main en suivant le propriétaire. Ils doivent escalader un tas de terre puis un autre à moitié dans l'entrée de la grotte. Ils sont désormais sous la voûte et la luminosité baisse. Matthieu sort sa lampe et l'allume.

– Je vois que vous êtes prévoyant ! J'ai aussi pris la micnne. Pour être tranquille pour avancer on va longer de ce côté là. Au sol c'est plat, c'est de ce côté là qu'on sortait les récoltes de champignons.

– Je ne croyais pas que c'était si grand cette grotte s'exclame Alice

– C'est ce qu'il fallait pour rentabiliser l'exploitation. Bon, on est maintenant à mi-chemin. Vous pouvez éclairer droit devant.

Matthieu lève le faisceau de sa lampe et aperçoit le fond, un mur sombre, presque noir, avec des parties brillantes. Il fait quelques pas en accélérant, presque courir, comme pour être le premier à attraper un trésor. Il ralentit et fait aller la lampe sur toute la paroi. Arrivé à un mètre, il s'arrête et fait avancer le cercle de lumière tout doucement. De droite à gauche, il revient un peu plus bas puis repart au dessus. Il reste sur une largeur de moins de deux mètres. D'un seul coup, Matthieu pousse presque un cri : Là ! Il fait un bond et pose sa main sur la paroi, la fait aller et venir comme une caresse. Il se tourne vers Alice et le propriétaire

– Là, il y a les marques d'une coupe avec un outil tranchant comme un burin, mais plus gros que mes outils. Sans doute qu'un morceau de pierre a été taillé ici pour être extrait et il est parti on ne sait où.

– Vous êtes sûr de ce que vous voyez ?

– Monsieur, venez voir, là, au bout de mon doigt il y a comme une surépaisseur de quelques millimètres bien droite sur au moins soixante centimètres dans le sens vertical et on voit l'amorce dans le sens horizontal là, vous voyez.

– Heu… je ne suis pas convaincu, et vous mademoiselle ?

– Je sais que Matthieu ne dit pas de bêtises, c'est certainement une trace du travail des tailleurs de pierres, des carriers, il y a plusieurs dizaines ou centaines d'années.

– Ce que je vous ai dit est donc vrai.

– Oui. Et les pierres qui viennent d'ici sont peut-être encore existante dans la ville. Je vous expliquerais ça plus tard quand je serai arrivé au bout de mes recherches. En tout cas, grand merci de nous avoir autorisés à venir ici.

– Il y a bien longtemps que quelqu'un m'a demandé pour entrer dans mes grottes. J'ai eu des gens qui sont venus faire la fête des nuits entières et il a fallu des heures pour retirer les cochonneries qu'ils ont laissées. Je les avais fait virer par les gendarmes.

– Je vois qu'il y a des petits morceaux de pierre par terre, puis-je en prendre un ou deux ?

– Dix si vous voulez ! Je ne m'en sers pas.

– Merci. M'autoriserez vous à revenir d'ici quelques temps, je ferais ce qu'on pourrait dire un prélèvement de pierre pour compléter ma collection et confirmer mes recherches.

– Bien sûr si vous ne faites pas un trou pour y loger un porc ou une vache !

– Non. Gros comme un livre de poche me suffira. Aujourd'hui je n'ai pas mes outils mais je sais ce qu'il y a, c'est dans ma tête

– Je vois. Et vous mademoiselle vous viendrez aussi ?

– Oui, pour l'aider

– Et vous ne profiterez pas de l'obscurité pour autre chose ?

– Il y a ce qu'il faut à la maison, et c'est plus confortable

Matthieu et Alice ont droit à une tape sur l'épaule de la part du propriétaire qui a un large sourire. Ils sont arrivés tous les trois dans la rue et continuent la discussion. Il est convenu que la prochaine visite se fera au printemps. Matthieu et Alice remercient le propriétaire et regagnent la voiture. Le retour à la maison est fait en moins de dix minutes. Dès l'arrivée Matthieu prend les morceaux récoltés au fond de la grotte et les dépose sur la table de l'atelier de sa mère qui maintenant lui est réservée pour ses trouvailles. Barbara vient voir et demande

– Tu as encore ramené des cailloux ! Tu fais la collection ?

– Non maman. C'est pour mes recherches et ça avance bien. Encore un ou deux endroits à aller visiter.

– Et puis après ?

– Après, je continue.

– Tu continues où ?

– À identifier les pierres taillées avec des motifs qu'on voit sur les maisons du centre ville.

– Identifier ?

– J'ai une idée sur l'origine de ces motifs et je veux y arriver.

– Et je peux en savoir un peu plus là-dessus ?

– Depuis le moyen-âge au moins six églises ont été détruites autant par les guerres de religion que par les incendies. Sans compter d'autres maisons surtout avec le grand incendie de 1723.

– Tu as trouvé tous ces renseignements où ?

– C'est mon secret, demande à Alice

– Barbara je ne sais pas tout ce qu'il fait dans la semaine. J'ai l'impression que les lobes de son cerveau travaillent plus que ses mains à tailler des pierres et les poser sur le chantier.

– Bon je vois, venez les enfants, il y a un gâteau à la cuisine.

– On arrive.

Matthieu et Alice mangent tranquillement leur part de tarte aux pommes que Barbara vient de leur servir. Elle propose un café ou un thé. Matthieu choisit le café et Alice partagera le plaisir du thé avec Barbara. C'est maintenant plus une réunion de famille que celle de chercheurs près du but. Barbara demande des nouvelles de ses parents à Alice et aussi de la proximité d'examens pour sa formation professionnelle. Elles parlent tout en dégustant leur gâteau et leur thé sans se préoccuper de Matthieu qui semble absent. Au bout d'un moment Alice le regarde, se tourne vers Barbara en lui posant sa main sur la sienne et d'un hochement de tête lui montre son fils qui est plongé dans ses réflexions et qui semble loin de là. Matthieu bouge la tête, manipule ses doigts, se frotte les cheveux, repose les mains à plat sur la table. Pendant trois ou quatre minutes les deux femmes ont les yeux portés sur lui qui ne s'en rend pas compte. D'un coup Alice s'écrie :

– Atterrissage. On sort de la grotte !
– Oohh ! Qu'est ce qui se passe ?
– Matthieu revient avec nous ! Tes pensées t'ont emmené où ?
– Fallait pas m'interrompre ! J'ai perdu le fil et je n'ai rien écrit.
– Ça va revenir ! lui dit Alice en se levant et l'embrassant dans le cou.

La journée se termine comme chaque fin de semaine par un nouveau passage dans l'atelier pour voir les pierres et caresser les livres. Matthieu raccompagne Alice jusque chez elle en se tenant par la main. Roland et Monique qui les attendaient saluent Matthieu et l'invite à entrer. Une fois de plus la conversation s'oriente vers le futur des deux jeunes et de savoir quand ils se décideront à vivre sous un même toit. Avec un grand sourire, ils répondent en cœur que c'est prévu et que ça se rapproche. Roland accueille cette réponse avec un

« Ouf ! Enfin ! » Avant que Matthieu reparte, Monique s'approche de lui et lui glisse à l'oreille que samedi prochain il doit venir manger avec eux ici parce qu'il y aura une surprise, et que sa mère est invitée. Matthieu est rentré tard. Barbara était couchée.

Mardi et mercredi Matthieu est resté à l'entrepôt de son patron pour trier les retours de trois ou quatre chantier. Des pierres, des briques ou des tuiles sont entassés n'importe comment et pour être réutilisées sur de futurs chantiers Matthieu les montent en piles bien rangées. Le tri terminé, il a regardé l'état des outils et mis de côté les burins ou pioches qu'il va porter au charron pour les affûter et les battre sur l'enclume après avoir rougi à la flamme de la forge. Jeudi midi son patron lui demande de préparer les échafaudages pour attaquer un chantier en ville, dans les vieux quartiers. Il y aura le ravalement de la façade avec remplacement de pierres sur les tableaux de plusieurs fenêtres. Brossage des échelles, grattage des plateaux et chargement du camion sont terminés vendredi dans l'après-midi. Matthieu balaie tout le hangar et range tous les outils dans les bonnes cases des étagères avant de se préparer à rentrer chez lui. Son patron sort du bureau et l'invite à entrer.

– Alors Matthieu, tout est prêt pour lundi ?

– Oui, monsieur. Il restera juste nos caisses à charger. J'évite de les laisser dans le camion pendant le week-end. Elles sont au fond derrière la bétonnière.

– Bien Matthieu. Alors tes recherches sur les vieux cailloux, ça avance ou pas ?

– Je suis passé dans les restes de la carrière de la route de Beaugency au-delà de Constantine et aux grottes le long du Loir à Marboué.

– Tu y as trouvé quoi ?

– Je ne suis pas revenu les mains vides. Des « copeaux » d'un côté et une chute que j'ai taillé de l'autre. Au toucher, j'ai l'impression de sentir celles du centre ville.

– Oh ! Je vois que tu avances. Attention, la semaine prochaine sur le chantier tu vas sans doute avoir des surprises. J'ai aperçu quelque chose pour toi quand j'ai fait les relevés pour le devis.

– Ah ! Et c'est quoi ?

– Tu le verras bien. Allez, va faire de nouvelles découvertes et tu me diras ça   lundi.

– À lundi matin, patron.

– À lundi.

Des écrits exceptionnels

Samedi après midi, pour une fois les pierres ne sont pas au programme, Matthieu et Alice ont fait du lèche-vitrine. Les commerçants ont installé les décorations de Noël tout comme la ville qui a accroché les guirlandes en travers des rues qui s'allumeront à la nuit tombante. Matthieu guide pour la seconde fois Alice devant la vitrine du bijoutier. Elle est surprise et lui serre la main plus fort.

– As-tu vu quelque chose ici pour revenir.
– Je ne sais pas encore mais je sens que cette boutique est intéressante
– Intéressante ?
– Oui. Mon intérêt
– Ton intérêt ?
– Oui, pour que je sois sur un de tes doigts. Viens, on rentre
– C'est quoi ce que tu me dis ?
– Rien.

Matthieu enlace Alice et après un long baiser la prend par la main et de l'autre pousse la porte et lui tient ouverte.

– Bonjour madame et monsieur. Que puis-je faire pour vous ?
– C'est une surprise pour mademoiselle
– Matthieu pourquoi est-on entrés ici ?
– Alice, depuis le temps qu'on marche la main dans la main, je veux t'offrir quelque chose qui t'entoure. Je te laisse le choix d'un collier autour du cou ou une bague autour d'un doigt !
– La bague au doigt c'est quand on se marie ! Et tu me dis ça ici comme ça sans plus de précaution ni de douceur, c'est bien toi !
– Oui. Tu sais que je t'aime et tu m'aides partout dans mes découvertes. Je veux te dire merci avant de t'emmener dans la vie à deux.

Le bijoutier n'avait pas bougé d'un millimètre et regarde les amoureux s'embrasser sans retenue ni gène devant lui. Il patiente un peu puis se déplace derrière les vitrines en mettant la main au-dessus des présentoirs de colliers. Il fixe des yeux Matthieu et d'un hochement de tête l'invite à s'approcher. La main sur sa taille, il invite Alice à regarder les deux plateaux que le commerçant a sortis. Matthieu fait un pas de côté et se penche vers le bijoutier en lui expliquant que sa fortune n'est pas trop grosse. Un sourire lui répond en annonçant un chiffre qui fait acquiescer de la tête Matthieu.

Une heure plus tard, les deux amoureux sont à leur place habituelle au café de la place. Ils ne sont pas face à face mais collés l'un à l'autre, Alice rayonnant de bonheur et prenant souvent dans ses mains le collier qu'elle porte autour de cou.

La nuit est tombée depuis un moment quand ils arrivent chez Roland et Monique, c'est Barbara qui ouvre. Elle remarque aussitôt le bijou autour du cou mais ne dit rien. Roland est dans le couloir devant la porte de la salle à manger, voit aussi le bijou mais se tait et invite les deux jeunes à entrer. Alice entre la première et se trouve face à un homme d'une soixantaine d'années avec une barbe blanche bien taillée qui lui tend les bras en lui disant

– Bonsoir Alice. Je te vois heureuse et je vois que tu es accompagnée par Matthieu, c'est bien ça ?
– Oui monsieur
– Non pas monsieur, je suis ton oncle Lucien, il y a si longtemps qu'on ne s'est vus. Tu te doutes, ou

plutôt vous Matthieu, pourquoi je suis là. J'ai reçu des photos

– Et vous savez ce qu'est notre livre ?

– Nous en parlerons tout à l'heure. Les nouvelles sont bonnes.

– Dis donc Matthieu, tu as fait quoi avec Alice cet après-midi ?

– Maman, rien de spécial, on s'est promené

– Et vous vous êtes arrêté à une boutique

– Maman, Noël est dans peu de temps, puis l'an prochain j'ai envie de

– De quoi Matthieu ? Demande d'un coup Alice

– Viens ici que je te le dise au creux de l'oreille…

Alice saute au cou de Matthieu dans la seconde qui suit. Les parents ont un grand sourire et viennent les prendre dans les bras. Roland et Monique se reculent puis invitent à venir à table. Monique et Barbara se rapprochent d'Alice et lui demandent de montrer le cadeau de Matthieu qui orne son cou. Elles le regardent de près, le prennent entre les doigts et, se regardant, disent que c'est un très très beau cadeau d'amour. Le dîner est rapidement mangé, les deux amoureux sont plongés dans leur avenir et dans l'interrogation de ce que l'oncle Lucien va dévoiler. Le dessert est terminé et Monique débarrasse la table. Il ne reste que les verres. Roland se tourne vers Lucien et lui demande :

– Quand tu m'as demandé pour venir, je me suis douté que tu avais de grandes choses à nous dire, sans doute au sujet des photos qu'on t'a envoyées.

– Oui et j'ai aussi réfléchi à ta description de ce livre

– Et alors ? demande Alice

– Je pense que c'est peut-être un livre d'église, les restes de noms et les enluminures y font penser. Il doit dater au moins du seizième siècle. Vous l'avez toujours ?

– Oui, dans un placard bien protégé dans l'atelier à maman !

– Je pourrais le voir ?

– Sans problème.

– Demain est-ce possible ?

– Après neuf heures mais pas avant.

– Alice pourras-tu m'y emmener .

– Sans problème mon oncle.

Un grand silence tombe sur tous. Matthieu a repris la main d'Alice dans la sienne. Elle sent qu'il tremble. Elle cherche son regard puis se penche à son oreille pour lui glisser quelques mots. Monique la voit et sourit. Barbara bouge sur sa chaise, se lève et vient derrière son fils

– Alors Matthieu, ça t'avance cette réponse ?

– Au delà de tout ce que je pensais.

– Matthieu que va-t-il vous manquer maintenant ? Demande Lucien.

– Un nom sur des traits

– Quels traits ?

– Ceux des pierres anciennes dans les murs de la vieille ville.

– Et ça te servira à quoi ?

– Résoudre l'énigme de ces traits. Et peut-être comprendre pourquoi ils sont là sur les murs des maisons du centre ville.

– Je te dirais ça demain s'il y a une solution dans le livre.

– Merci.

– Roland, Matthieu est un chercheur pas comme les autres. Ce qu'il cherche c'est l'origine de son métier de tailleur de pierre !

– Bravo Matthieu. Je sens qu'on va voir le bout du tunnel de ta quête de vérité. Monique as-tu fait du café.

– J'apporte les tasses et le sucre. Il est fait.

Pendant un moment les conversations sont orientées sur ce fameux livre trouvé dans le souterrain par Roland et sur les marques des pierres. Ce sujet intrigue Lucien qui s'installe sur le canapé avec Matthieu et Alice. Les questions fusent de la part de celui qui est plutôt le savant qui apprend des choses de la part d'un jeune qui n'a fait des études que de travail manuel mais qui aime son métier.

– Alors Matthieu tu as des pierres dans les mains tous les jours. Mais Roland m'a dit que ce sont des choses que les gens ne voient pas qui t'intriguent.

– Oui. Tout petit, une marche qui dépassait sur le trottoir m'a fait tomber. Sur le côté il y avait une marque, comme un V, des rayures en creux. C'est resté dans ma tête et m'a donné le guide de ma vie. J'ai fait une partie du tour de France des compagnons.

– Donc tu sais plein de choses sur tes pierres .

– Non pas tout. Dans les vieilles rues les marches dépassent toujours sur les trottoirs.Au moyen-âge les rues étaient creuses au centre et c'était là que s'évacuaient les eaux que les habitants rejetaient.

– Oui, ça je le sais. C'est dans toutes les villes.

– Oui mais moi j'ai vu cette marque et j'en ai découvert plein d'autres

– Et c'est ça que tu cherches

– Oui, et je sais déjà d'où elles viennent mais je n'ai pas leur âge.

– Sur une pierre il n'y a pas de cheveux qui blanchissent avec les années !

– C'est vrai. Mais j'ai lu des vieux ouvrages qui m'ont donné la direction à suivre. Je pense que notre trouvaille va m'aider.

– On va voir ça demain.

– Oui. Je pense que mon sommeil va être agité, je vais y penser

– Mais non, pense plutôt à Alice

– Euh !

Le bras de Matthieu se serre autour des épaules d'Alice qui se love contre lui. Ensuite tous se retrouvent autour de la table pour déguster leur café. Une demi-heure plus tard chacun retourne chez soi en attendant le rendez-vous du lendemain matin dans l'atelier de Barbara.

Matthieu s'est levé dès sept heures comme pour aller au travail et après un petit déjeuner rapide il est dans l'atelier de sa mère. Il a ressorti toutes les pierres ramassées dans le souterrain et les range bien à plat côte à côte. À part il pose le morceau qu'il a taillé de sa main dans l'ancienne carrière sur la route de Beaugency. Un coup de brosse dessus, Matthieu se recule et regarde : il est en admiration comme lors de la visite d'une exposition d'art. Il nettoie la table sur la partie restée libre, va chercher le vieux livre dans le placard de sa mère et le dépose avec précautions. Il écarte la couverture qui le protège mais laisse le drap. Il n'oublie pas de sortir aussi l'autre livre, celui qu'il avait trouvé, avec les dessins et des noms. Il regarde tout l'ensemble et, satisfait, décide d'aller au devant des visiteurs. Il l'annonce à Barbara et sort dans la rue. Il n'a pas fait cent mètres qu'il aperçoit Alice et sa famille arriver tranquillement à pied avec deux cartons dans les mains. Son pas s'accélère jusqu'à les rejoindre et serrer Alice dans ses bras. Il salue tout le monde et prenant la main de son amoureuse entraîne tout le monde vers la maison. Barbara, entendant la porte s'ouvrir, sort de la cuisine. Elle embrasse Monique et Roland et tend la main à Lucien qui la refuse pour lui faire aussi la bise. Monique donne les cartons à Matthieu qui va les poser dans la cuisine et revient aussitôt. Il voit qu'Alice a ouvert la porte de l'atelier et tous la suivent. Arrivés devant la table, ils laissent Lucien regarder. Son œil va rapidement sur les pierres puis se fixe sur le drap qui recouvre le fameux livre. Il se tourne vers Matthieu et Barbara

– Je peux ?
– Il vous attend et il ne mord pas !
– Merci. Je tremble de toucher un tel objet
– Nous on n'a pas tremblé pour le rapporter à la maison !
– Je devine que vous n'avez pas penser à ce que ça pouvait être ?
– La seule chose qu'on s'est dit c'est que c'était vieux !
– Pour être vieux j'en étais sûr rien qu'à voir les photos. Bon, je dépouille la bête !

Avec précautions, plus que celles de Matthieu ou Barbara pour l'envelopper, Lucien écarte les pans de drap pour mettre au jour ce livre. Il se recule en voyant qu'il y en a un deuxième. Il les regarde et se tourne vers Matthieu en lui demandant ce que ça veut dire.

– J'avais trouvé celui-là avant. Il n'a que des dessins d'église et de maison avec des noms. Il me paraît plus récent.
– Je pense que tu as raison, rien qu'a voir la couverture en comparant avec l'autre. Bon je m'occu-

pe du plus grand et donc du plus beau.

Il tend la main et caresse du bout des doigts la surface où apparaissent des couleurs, sans doute des restes d'enluminures. Il se penche pour regarder de plus près, souffle légèrement pour écarter le peu de poussières qu'il y a dessus. Alice le fixe et voit que ses mains tremblent. Elle ne dit rien mais prend la main de Matthieu et la serre fort. De son côté Roland et Monique se tiennent serrés l'un contre l'autre, Barbara a pris la main de Monique dans la sienne. Ils sont tous les cinq comme devant l'arrivée du président de la République ou du pape, un martien ou un diable. Ils retiennent leur respiration quand Lucien soulève lentement la couverture. Ils guettent sa réaction. Il finit de l'ouvrir en grand et la pose sur le drap chiffonné. Il tourne la tête vers Matthieu et Alice puis vers Roland et Monique. D'une voix tremblante il leur dit :

– Vous avez devant vous ce que certains pourraient appeler un incunable ! De toute ma carrière je n'ai jamais vu quelque chose comme ça. Pourtant je suis allé dans de nombreuses bibliothèques pour mon travail ou dans des archives. C'est sans doute un véritable trésor.

– Tonton, y a-t-il des écrits pour les recherches de Matthieu sur ses pierres gravées ?

– Alice, je découvre la première page et je n'ai même pas regardé ce qu'il y avait dessus. Patience s'il te plaît ! Laisse-moi reprendre mes esprits, j'en tremble !

– On le voit bien. Nous, on ne pensait pas que c'était si grandiose, on savait qu'il était ancien puis c'est tout. On ne dit plus rien, on te laisse faire.

Lucien se penche sur la page, la tourne, examine la suivante puis continue. Il reste presque trois minutes sur chaque. Il lui faut plus d'une demi-heure pour arriver à soulever enfin la dernière. Il tourne également la deuxième partie de la couverture et referme le livre en ne laissant visible que son dos. Des larmes d'émotion coulent sur ses joues. Ils sont tous autour de lui et ne disent pas un mot. Alice se serre, presque collée le long de Matthieu qui tend le cou pour voir le visage de Lucien. Il rompt le silence au bout de plus de deux minutes

– C'est comme un registre d'église. Il est très dégradé. J'ai cru deviner dans les derniers mots qu'il y aurait le chiffre 1580. Matthieu est-ce que ce chiffre pourrait être celui d'une année ?

– Selon ce que j'ai lu, c'est la période des guerres de religion.

– Et ce registre a certainement été sauvé dans ces années là.

– Lucien, si c'est un registre d'église, peut-on savoir de laquelle ?

– Le nom commence par un M, c'est tout ce qui reste sur la couverture et il doit y avoir quatre ou cinq lettres ensuite. Mais n'allez pas trop vite dans vos conclusions. À cette époque, on se permettait de reprendre un ouvrage et de réécrire par dessus. Je pense que c'est le cas.

– Donc, ce M c'est ou saint Martin ou saint Médard. Saint Médard était juste à côté de l'entrée du souterrain où on l'a trouvé.

– On croirait une prière écrite dans les premières pages.

– C'est normal pour un livre d'église ! Et est-elle dédiée ?

– Attends, je regarde. Matthieu, viens voir, c'est là !

– Oui, je vois bien de l'écriture tout en rond mais je n'y comprend rien.

– Moi je réussis à lire cette écriture, j'ai travaillé des années là-dessus après l'université. Bon, là, regarde, c'est un A en enluminure gothique, ensuite il me faudra la lampe spéciale mais je crois qu'il y a moins de dix lettres, les deux dernières sont peut-être I et N.

– Ce serait formidable que ce soit ça ! Il y avait dans l'église saint Médard le tombeau de saint Aventin, évêque de Châteaudun. Cette église a été détruite par les ligueurs en 1590. Alice on a un bout de l'histoire de la ville !

Matthieu étreint Alice en pleurant de joie. Roland, Monique et Barbara les regardent puis se rapprochent de Lucien et se penchent à leur tour sur le livre. Lucien leur montre de l'index gauche le texte de la prière et le nom du saint en s'arrêtant sur chaque lettre. Il esquisse la forme des lettres du nom de l'évêque tout en avançant lentement. Lucien demande une brosse douce ou un pinceau à Barbara pour retirer la poussière sur les pages. Il commence en effleurant le papier parchemin. Il met plus de dix minutes pour parfaire son travail et il referme la couverture et le remballe comme l'avait fait Barbara. Il lui demande s'il ne fait pas trop chaud dans son atelier et s'il y a du chauffage quand il gèle dehors.

– En été, il fait aussi chaud que dehors, en hiver je me chauffe pour qu'il y fasse au moins dix ou douze degrés.

– C'est bien. Maintenant ce genre de livre est dans des pièces climatisées. Je crois qu'il y sera dans peu de temps, hein Matthieu ?

– Je le garderais bien pour nous. Mais on va voir avec vous tous ce qu'on fait.

– Matthieu, il appartient à l'histoire !

– Oui Alice, mais on peut encore se faire plaisir à le regarder et le toucher.

- Mais oui, on va le faire. Alors Lucien qu'en penses-tu ?

– Je vous comprends. Mais mettez vous bien en tête qu'il va falloir le faire un jour ou l'autre.

– Je sais Lucien. J'ai quelque chose qui me tourne, une réflexion bizarre. On retourne voir le livre.

– Quoi ! Tu cherches quoi ?

– Venez, je vais vous expliquer.

Ils retournent tous les deux dans l'atelier et c'est Lucien qui reprend le livre et le pose sur la grande table. Il soulève la couverture et le drap puis se recule pour laisser Matthieu devant. Il reste un moment sans bouger puis se décide. Il tourne la couverture et arrive à la page où Lucien a dit avoir découvert une prière. Le regard de Matthieu fait le tour de la page, il se penche le nez presque à toucher le précieux papier. Il tend la main droite, index tendu. Lucien l'observe sans bouger. D'un coup Matthieu pousse un léger cri :

– Là, regardez, c'est ce que je cherche, là c'est bien ça !

– Quoi Mathieu ?

– Là, ce dessin, c'est comme un cœur

– Oh ! Je n'avais pas vu, il est presque invisible, effacé, noyé dans les traits des enluminures. Et pourquoi tu cherches précisément ce dessin.

– Pas spécialement. C'est surtout un des signes qui sont gravés sur les pierres des murs des maisons de la vieille ville.

– Et alors ?

– C'est une preuve de ce que je crois sur l'origine de ces pierres avec leurs dessins gravés. Vous avez une loupe, je crois ?

– Oui. Vous la voulez ?

– Oui, pour quelques instants. C'est pour trouver un détail.

Pendant quatre ou cinq minutes Matthieu promène la loupe sur la page du livre et il revient sur son dessin de cœur. Il est maintenant immobile et Lucien s'approche pour essayer de deviner ce qu'il cherche. Matthieu se penche et pose la loupe sur la page, sur le bord du dessin de cœur. Il lève la tête vers Lucien, il a un large sourire

– Lucien, c'est bien ça, il y a le détail que je cherchais. Là, sur les deux courbes en haut du cœur, regardez bien, il y a trois petits traits

– Ah, oui, je vois ce que tu me dis, mais c'est quoi ?

– Le signe du Sacré Cœur, c'était certainement des pierres qui étaient autour de la tombe de Saint Aventin ou autour.

– Donc il y a dans la ville des pierres sacrées

– Non je ne dis pas ça. Ce que je suis sûr c'est que les pierres vont nous dire un jour d'où elles viennent et quel a été leur vie.

– Monsieur Matthieu, je vous nomme archéologue en chef !

À ce moment, Alice entre dans l'atelier suivie de Barbara et de ses parents. Ils ont entendu le mot «chef » et demandent qui est le chef et de quoi. Matthieu et Lucien éclatent de rire et les invitent à retourner dans la salle à manger pour leur expliquer.

– Le chef, je vous le présente : Matthieu, archéologue amateur en chef !

– Non, Lucien, pas de chef, juste quelqu'un qui a concrétisé son idée

– Et quelle idée Matthieu ? Demande sa mère

– J'ai trouvé dans le livre un dessin qui est semblable à un de ceux qui sont sur les pierres des vieux murs. Donc elles sont très anciennes, arrivées dans la ville il y a plus longtemps qu'on croyait. De tout temps on a utilisé les matériaux qui étaient au plus près de la construction qu'on faisait et j'en ai une preuve dans ce livre.

– Et c'est quoi ? Donne la solution de ton mystère

– Alice, je t'avais montré les détails du cœur avec les trois pointes dedans qui est appelé au sein de l'église le Sacré Cœur, il est dessiné dans le livre

– Quoi ?

– Oui, et à un endroit précis, c'est Lucien qui a d'abord fait une découverte. Au début du livre, il y a, on pense une prière. Des petits traits pourraient faire les initiales de Saint Aventin, évêque résidant à Châteaudun vers l'an 500. Et moi en examinant à la loupe cette page, j'ai deviné cette forme de cœur aux angles de la page.

– Et ça te dit quoi ?

– Pour moi, les pierres qui portent ce signe étaient autour ou à proximité de la sépulture de Saint Aventin

– Et elle était où cette tombe

– Dans l'église Saint Médard, incendiée et détruite par les guerres de religion à la fin du seizième siècle.

– Et ça va te servir à quoi cette découverte ?

– Il faut que je réfléchisse.

– Barbara, as-tu du café, on est arrivé tout à l'heure avec des croissants et il est presque dix heures et demie.

– Oui, Roland, installez vous, j'apporte les tasses. Il faut se remettre de vos émotions.

Alice s'est assise à côté de son amoureux et le serre contre elle. Elle lui parle à l'oreille à voix basse. Matthieu approuve d'un hochement de tête et elle lui répond de la même manière. Ils se lèvent et sortant de la salle disent qu'ils retournent dans l'atelier pour vérifier quelque chose. Matthieu va directement reprendre le livre et le sort de sa couverture et du drap. Il ouvre la couverture et montre les cœurs avec les pointes à Alice. Elle lui fait remarquer qu'elles ne sont pas comme celles des pierres en ville, elles ont leurs pointes réunies pour transpercer le haut du cœur. Matthieu lui confirme que c'était ça qu'il voulait revoir. Il cherche sur toutes les pages des signes ou dessins. Il y a deux ou trois fois des ronds traversés par un grand trait. Alice ne constate rien d'autre et ils referment avec toujours autant de précaution le livre qui est rangé à sa place habituelle maintenant. De retour dans la salle, Roland d'un air moqueur demande si tout c'est bien passé parce qu'ils ont été rapide même pour leur âge. Alice répond à son père que la journée ne fait que commencer et ce sera pour plus tard. Matthieu se retient d'éclater de rire et explique ce qu'ils ont fait et vu.

– Nous voulions vérifier les dessins, j'avais un doute sur ce que j'ai dit tout à l'heure, et mon doute est effacé. Les cœurs du livre sont différents de ceux des pierres en ville. Maintenant il faut savoir lequel a servi de modèle à l'autre.

– Monsieur le chef a toujours raison ! s'exclame Lucien.

– C'est moi qui a vu la différence, reprend Alice, Les pointes ne sont pas pareilles. Et on a trouvé d'autres dessins qui sont aussi visibles en ville. Cette semaine, je peux venir deux ou trois soirs après dix-sept heures et je vais copier ces dessins, faire comme un catalogue, et nous irons en ville avec pour comparer.

– Vous pourrez me tenir au courant de vos investigations ? Moi de mon côté je vais faire des recherches. Dans la présentation de votre livre et ses dimensions, il y a des ressemblances avec la Bible du douzième siècle qui est dans la cathédrale de Chartres. Votre découverte a-t-elle été commencée à cette période ? J'attends vos réponses et je vous dirai les miennes.

– Oui tonton, on t'écrira

– Tu écriras, moi je ne sais pas !

– Mais causer ça tu sais

– Chuut ! Il y a des choses qu'il ne faut pas dire ma chérie !

– Comme quoi ?

– Promettre de donner des résultats de nos recherches.

– D'accord, je ne dirai pas tout à tonton.

– Tu as compris, tu sais bien que c'est notre secret.

La discussion se termine par un baiser furtif sur les lèvres. Matthieu prend la tasse où son café doit être froid et le boit quand même. Lucien regarde sa montre, se lève de la table et demande s'ils acceptent de venir manger en ville, dans le restaurant de leur choix :

– Dans mes activités, je rencontre des surprises souvent de bonne qualité mais aujourd'hui pour moi c'est la surprise du siècle. Une si belle chose ça s'arrose, alors je vous offre le repas puis c'est aussi pour nos retrouvailles et la rencontre avec Barbara et Matthieu. Alors ? On y va il est midi dans vingt minutes, si on n'a pas réservé il faut peut-être arriver de bonne heure.

Roland et Monique sont surpris mais acceptent. Matthieu et Alice sont plutôt réticents comme Barbara. C'est Monique qui les supplie un peu pour avoir leur accord. Il est midi quand ils arrivent face au restaurant à côté du bureau de tabac sur la place de la fontaine. Ils sont bien accueillis et sont installés juste à côté de la porte de la cuisine au fond de la salle. Pendant le repas Lucien revient sur la première page du livre en expliquant que c'est la première fois qu'il en voit une qui devait être si décorée. D'habitude on y trouve de splendides enluminures autour des lettres de titres ou de la première ligne des textes. Matthieu reste silencieux jusqu'au moment du dessert. Il a observé Lucien, le savant, faire ses démonstrations devant sa mère et les parents d'Alice. Il lui dit quand les tartes sont servies

– Lucien, j'ai écouté attentivement tout ce que vous avez dit depuis tout à l'heure. Il y a une chose que vous oubliez : c'est la correspondance entre justement ce supposé dessin, splendide, et les marques sur les pierres. Pouvez vous me dire si vous pouvez dater ce livre et ce qu'il contient.

– Matthieu, je sais qu'il est très ancien. Il a uniquement été écrit à la main d'un bout à l'autre. Pareil pour les dessins, peut-être la même main ! Matthieu tu as dit que l'église située à côté du souterrain avait été détruite lors des guerres de religion.

– Oui et pas seulement celle-ci

– Donc c'est sûr, ce livre est bien plus ancien que le seizième siècle. Il faudrait le faire analyser dans un laboratoire pour une recherche de datation pour confirmer ce que j'ai dit sur les dates de la Bible de Chartres

– Si précis que ça ?

– Oui. Tu ne te rends pas compte de la valeur de ce livre.

– Je sais qu'il est rare et exceptionnel, c'est tout.

– Le plus dur pour toi, et Alice, sera le moment de dévoiler sa présence en ta possession.

– Je ne vais pas le garder, il est trop précieux, c'est un trésor pour la ville.

– Je suis content que tu raisonnes ainsi.

– Avant de le donner, il faut qu'on trouve la relation entre ces textes et les pierres. J'ai déjà une idée. Certaines peuvent avoir une relation d'autres non.

– Lesquelles par exemple ?

– Les boules, c'est sûrement une marque de la carrière. C'est la seule marque en saillie. Les autres sont toutes gravées en creux. J'espère trouver d'où elles viennent. Avec Alice on va chercher dans le livre si on trouve des dessins et des gravures. Je vous téléphonerai au fur et à mesure de nos découvertes.

– Matthieu, tu es vraiment un chef !

– Un chef avec une troupe réduite à un seul effectif, mais si beau !

– De qui parles-tu ?

– De toi bien sûr Alice.

– Au fait, Lucien, on n'a pas beaucoup parlé de l'autre livre.

– Il est sans doute plus récent. Un ouvrage de communauté, de paroisse. Il intéresse aussi la ville pour ses archives. Pour moi, il a moins de valeur. Je vais y jeter un coup d'œil tout à l'heure.

– Merci Lucien, on va voir ça.

Les deux amoureux s'embrassent sans se préoccuper de leurs parents. Lucien se lève et va régler l'addition. Il est quinze heures quand tous entrent à nouveau dans l'atelier de Barbara. Lucien laisse Matthieu prendre le livre et l'ouvrir. Il soulève les pages une par une en les examinant de près. Il promène la loupe sur toutes les traces de dessins. Au bout d'une dizaine de minutes il arrête de promener la loupe et la laisse sur le haut d'une page où il y a une tache de couleur bleue avec des traits fins jaunes et rouges. Il invite Lucien à regarder et s'exclame.

    – C'est un triangle qu'on devine.
    – Vous voyez la même chose que moi. Il reste à trouver
    – À trouver quoi ?
    – Je ne sais pas encore ! J'espère trouver ce secret, mais je ne sais pas combien de temps ça va me prendre.

Lucien pose sa main sur l'épaule de Matthieu et se penche pour lui parler au creux de l'oreille. En réponse Matthieu opine de la tête par trois fois. Il referme doucement le livre, le rhabille de son drap et de sa couverture et le range dans le placard. Lucien ouvre maintenant l'autre livre et tourne les pages une par une. Il se penche deux ou trois fois pour regarder un détail puis le referme et le tend à Matthieu pour qu'il le range avec le trésor. Ils échangent quelques mots puis se serrent la main comme pour sceller un pacte. Tous sortent de l'atelier et retournent dans la salle. Les conversations reviennent sur les dernières réflexions de Matthieu. Barbara qui semble perdue dans ses pensées se tourne d'un coup vers son fils

– Matthieu, j'ai une idée que tu vas peut-être trouver bizarre, et Lucien vous pourrez aussi donner votre avis

– Tu as quoi comme idée ?

– Si on regarde les pierres des murs des maisons qui ont semble-t-il été reconstruites

– Bah ! Oui ! c'est ce qu'on a déjà fait

– Je suis d'accord pour ça, mais il y a un truc, une question que je me pose. Si entre deux pierres avec des gravures, il y en a une ou deux qui n'ont rien, la marque est peut-être de l'autre côté. Les maçons ont sans doute construit sans se soucier de ces détails.

– Maman, je n'ai jamais pensé à ça ! Mais on ne va pas détruire des maisons pour le savoir !

– Matthieu, ta mère n'a peut-être pas tort. Continue ton chemin en pensant dans un coin de ta tête que toutes les pierres des bas des murs sont de récupération.

– Je veux bien continuer sur cette hypothèse. Il reste une énigme, la présence de pierres qui viendraient de la destruction d'églises ou de maisons un siècle avant le grand incendie. Auraient-elles déjà servi une fois au moins à reconstruire des maisons ?

– Bah ! Matthieu, cherche des maisons qui n'ont pas brûlé lors du grand incendie et cherche des pierres gravées.

– Alice, ton diplôme en poche, tu ausculteras des murs plutôt que des malades !

– Dis donc Matthieu, je pense qu'on fera ça à deux et pas que chercher des cailloux ! Viens ici dans mes bras.

La question de Barbara alimente les conversations jusqu'au moment où Lucien a annoncé qu'il devait partir pour rentrer chez lui, il a plus de quatre heures de route et il les fera de nuit. Roland et Monique prennent congé de Barbara et des jeunes et repartent avec lui.

Une boule surmontée d'une croix

Saint Aventin

Ce samedi en fin de matinée, Matthieu attend Alice à la sortie de son centre de formation. C'est le jour des résultats des examens. Il voit les portes s'ouvrir en haut du perron de six marches et c'est une vingtaine d'étudiantes qui sortent ensemble en parlant fort. Alice apparaît la dernière et quitte le groupe pour venir rejoindre Matthieu qui est resté le long du portail dans la cour. Il comprend au sourire que le résultat doit être positif. Trois secondes plus tard, les deux amoureux s'embrassent, l'un félicitant l'autre qui lui confirme que le diplôme est désormais en poche et que sa vraie vie va commencer.

– Ma chérie maintenant sais-tu où tu vas travailler ?
– J'ai deux ou trois endroits en vue. Par contre j'ai décidé de ne commencer qu'après les fêtes de fin d'année. Mais je vais quand même aller voir dès demain.
– Pourquoi pas tout de suite ?

– Pour deux raisons : une : mes parents sont d'accord, deux : je veux ausculter tes pierres et ton livre pour t'aider encore un peu quand j'en ai encore le temps. Et puis, tu ne vas pas refuser que nous soyons ensemble.

– Je pense à l'avenir. Tu vas avoir un travail, moi j'ai le mien et peut-être des grands projets

– Des projets ?

– Deux. D'abord dès que je peux je me lance pour travailler en indépendant à mon compte. Le deuxième, qui passera avant, c'est toi

– Moi ?

– Oui, On en reparlera.

– De quoi on reparlera ?

– De voir monsieur le maire !

– Ouiiii !!!! Quand tu veux !

Alice se lance dans les bras de Matthieu et l'embrasse comme une folle. Deux de ses copines qui sortent de la cour, lui tapent sur l'épaule en lui demandant de se calmer, qu'elles ne vont pas lui prendre son homme. Alice ne répond pas tout en continuant son étreinte avec Matthieu qui, lui prenant la main, l'entraîne dans la rue en direction du château.

– On va où par là ?

– Au début de notre histoire. Et à un endroit où il y a des vieilles pierres.

– Ça ne te lâche jamais

– Comme ta main. Viens on y va

– Je te suis.

La promenade les conduit pendant une heure du château à la rue Saint Lubin et à l'église de la Madeleine. Il est midi quand ils arrivent chez Barbara. Aussitôt elle pose la question sur le résultat de l'examen d'Alice et comprend, en même temps à voir son visage, que c'est gagné.

– Vous en avez mis du temps pour revenir avec le résultat, vous étiez passés où ?

– Maman, on a fait un pèlerinage

– En portant une croix et auprès de quel saint ?

– Non. On a commencé à regarder la cour du château. C'est un endroit particulier pour nous. Celui de notre premier échange de regard.

– J'ai compris. Ne me dit pas la suite. Je termine de préparer le déjeuner.

– Maman, j'ai encore quelque chose à te dire. Et c'est important

– Oh ! Et c'est quoi ?

– J'ai demandé à Alice quelque chose

– Et c'est quoi cette chose ?

– Une chose très importante pour nous deux et elle m'a dit oui. Elle est d'accord pour porter mon nom.

– Oooh ! Mes chéris !

Barbara pose la casserole qu'elle tenait en main sur la gazinière et vient serrer Matthieu et Alice dans ses bras en fondant en larmes. Matthieu se défait de l'étreinte de sa mère au bout d'une minute et lui demande de ne pas le dire aux parents d'Alice qu'ils vont aller voir ce soir avant le dîner.

Le repas terminé, Matthieu entraîne Alice dans sa chambre sous l'œil bienveillant de Barbara qui commence la vaisselle. Elle a fini de l'essuyer quand les deux amoureux reviennent. Ils partent directement dans l'atelier. Matthieu trie quelques pierres, les plus petites, et les glisse dans sa poche. Alice le regarde faire puis lui demande ce qu'il va faire maintenant.

– On va faire un tour dans la rue Saint Lubin et au carrefour Saint Médard.

– Et on cherche quoi ?

– On se promène sagement

– Pourquoi sagement ?

– On sera dans la rue, plus dans la maison. Bon, on se promène et on compare le bas des maisons qui semblent anciennes avec les pierres que j'ai prises.

– Et on voit quoi ? Je crois deviner !

– Peut-être des ressemblances. On verra bien.

– En route mon chéri. J'enfile mon manteau et je suis prête.

Le soleil se rapproche de l'horizon quand Matthieu vide ses poches et pose les petites pierres sur la table dans l'atelier. Alice est restée dans la cuisine parler avec Barbara. Matthieu les rejoint et après quelques mots échangés avec sa mère, il prend la main d'Alice et lui demande si elle veut rentrer chez elle annoncer la nouvelle de leur projet. En réponse elle l'embrasse puis embrasse Barbara et se dirige vers la porte puis attend. Matthieu dit quelques mots à l'oreille de sa mère puis rejoint Alice et ils s'en vont.

Roland et Monique sont un peu surpris que Matthieu vienne avec leur fille. Ils invitent les jeunes dans le salon en leur demandant pourquoi ils sont tous les deux. Ils voient leurs visages un peu différents et Alice qui se tortille les doigts. Monique attend quelques instants puis interroge Alice

– Tu es drôle. Tu as loupé ton examen et tu dois redoubler ? Je vois que tu es un peu bizarre. Il y a quoi ?

– Maman rassure toi, je l'ai ! j'ai réussi ! Je vais commencer à chercher du travail.

– Ouf ! Tu nous rassures.

– Oui je suis contente, et il y a autre chose de plus important encore

– Et c'est quoi encore ? On ne t'a pas vue de la journée et là tu dis plein de choses

– Bah, oui. Et pour moi ce que je vais vous dire est très important, ne soyez pas fâchés !

– Tu as fait une bêtise ?

– Non. Seulement une promesse sans date. Matthieu m'a demandé si je voulais bien être sa femme devant monsieur le maire

– Ooooh ! Mais bien sûr, c'est une grande nouvelle. On attendait ça depuis longtemps mais on ne savait pas quand Matthieu te le demanderait. Venez dans mes bras mes chéris.

Ce ne sont que des embrassades et un peu de larmes pendant quelques minutes. Roland interrompt les effusions en proposant de boire l'apéritif pour arroser ces deux bonnes nouvelles.

Depuis cette journée mémorable pour Alice et Matthieu, les deux jeunes continuent les recherches sur les pierres dans la vieille ville. Matthieu est en chantier à une quarantaine de kilomètres, en restauration du porche d'un vieux manoir, ce qui limite les rendez-vous avec Alice à quelques minutes le soir et seulement l'après-midi du samedi et dimanche toute la journée. Ils se sont adaptés à ce changement par rapport à l'été et l'automne espérant que les beaux jours plus longs à partir du printemps leur laisseront plus de temps ensemble.

Noël est dans une dizaine de jours. Matthieu, en ce samedi matin, est déjà au bas de la rue du Val à regarder les piliers d'une grange dont les murs donnent des signes de faiblesse. Il sort de sa poche son mètre à ruban, un carnet et un stylo. Il mesure les pierres une par une et note leurs dimensions. Il s'arrête, traverse la rue et regarde la vieille construction de haut en bas. Il retourne auprès et frotte sa main sur l'enduit qui s'effrite. Il examine le grain du sable qu'il récupère dans le creux de sa main puis le met au sol le long du mur. Il repart vers la rue de la porte d'Abas, s'arrête devant la maison de la Vierge. Il reste le nez au ras des murs, les yeux cherchant encore quelque chose. Un piéton qui descendait du centre ville le voit et s'arrête pour lui demander ce qu'il cherche. Matthieu répond simplement qu'il respire l'histoire de la ville à pleins poumons. Le piéton pensant avoir devant lui quelqu'un un peu dérangé, reprend sa marche vers le Loir. Matthieu arrive juste pour se mettre les pieds sous la table, sa mère lui faisant remarquer qu'il pourrait un peu l'aider. Il ne répond pas, il est dans ses pensées. À quatorze heures, un coup à la porte et elle s'ouvre aussitôt : c'est Alice qui arrive. Matthieu est surpris car le rendez-vous était prévu une heure plus tard. Il se lève et la prend dans ses bras lui demandant pourquoi si tôt.

– Mon chéri, l'amour n'a pas d'heures et puis il faut penser à Noël, il y a des cadeaux à faire et j'ai entendu mes parents, ils doivent venir tout à l'heure. Dépêche toi, on va aller faire nos deux-trois courses puis on revient
   – J'ai des choses à te dire.
   – Sur tes cailloux ?
   – Oui. J'ai avancé. On verra tout à l'heure, je mets ma veste et on y va.

Une bise à Barbara et les deux amoureux se tenant par la main s'en vont vers le centre ville. Il est seize heures passés quand ils reviennent avec trois sacs contenant des cadeaux pour leurs parents.

Roland et Monique sont d'ailleurs arrivés et sont en pleine conversation avec Barbara dans son atelier. Matthieu va les saluer puis guide Alice dans sa chambre pour cacher les sacs. Des petits coups frappés à la porte les font lever du lit où ils étaient enlacés sagement. Un coup de main, doigts écartés dans les cheveux et Matthieu va ouvrir la porte. C'est Roland qui entre et demande ce qu'ils ont acheté pour Monique et Barbara, car il n'a encore rien pris. Il sort en leur disant qu'ils ont bien choisi. Matthieu lui dit qu'il arrive pour dévoiler encore un petit peu plus sur ses recherches.

– Alors tu as trouvé quoi, monsieur le chef expert en vieilles pierres ?

– À force de me promener dans les rues du vieux centre et de regarder le bas des murs, je suis persuadé qu'il ne reste plus aucune construction d'avant le seizième siècle, sauf une ou deux comme la maison de la Vierge. Les autres sont construites avec des pierres bien taillées. Ce ne sont pas les petites gens de l'époque qui pouvaient se faire construire de belles maisons comme ça. Il suffit de regarder les dégâts de l'incendie de 1723.

– Et alors tu en conclues quoi ?

– Les maisons ont vu leurs murs construits avec des pierres de récupération. Sans doute celles des églises de Saint Médard et de Saint Martin pour partie. Les pierres sont trop droites et au carré.

– Mais alors les pierres avec des signes.

– C'est la deuxième récupération pour les reconstructions au dix-huitième siècle. Les plus riches ont pu choisir les plus belles sans avoir vu les gravures.

– Les plus belles ?

– Je parle de celles dont les faces sont bien planes et les angles bien droits. C'est plus facile pour monter un mur droit. Les maçons ont dû eux aussi choisir.

– Et le livre avec ton Saint Aventin.

– Je cherche encore. Je vais trouver aussi.

– Bon, on fait une pause, on a apporté quelques plaisirs de chez le pâtissier.

Matthieu réussit à faire dévier la conversation de ses recherches aux festivités de Noël. Il sera invité avec sa mère chez Roland et Monique ce qui semble faire un grand plaisir à Alice qui se penche à l'oreille de son amoureux pour lui glisser quelques mots qui sont interrompus par un baiser.

Pendant cette période des fêtes de fin d'année, Matthieu ne retourne pas voir ses « cailloux gravés » dans les bas des murs des maisons du centre ville. Il se consacre à son saint de la ville, Saint Aventin. Il a réussi à consulter des livres d'histoire à la médiathèque et a posé des questions au prêtre qui s'occupe de la paroisse qui porte le nom de ce saint. Tout le monde connaît ce nom mais pas un seul a donné un élément pouvant mieux faire connaître ce personnage. Arrivé à la fin du mois de janvier, il décide de reprendre en photo les premières pages de leur livre du souterrain. Il demande à sa mère de le faire, elle a l'habitude d'en faire pour préparer ses sculptures avec la vue de l'endroit où elles seront posées. Matthieu explique à Barbara ce qu'il veut faire avec ces clichés

   – C'est pour les envoyer à Lucien. Je vais lui écrire une lettre en lui demandant de rechercher s'il y a des écrits qui peuvent se cacher sous les enluminures et qui seraient en rapport avec Saint Aventin

   – Et tu crois qu'il va voir ça avec une simple photo ! Et il l'a déjà regardé sous toutes les coutures. Tu vas finir par l'embêter avec ça.

   – Il y en aura plusieurs. À mon avis il faut en faire presque à la verticale de toute la page, puis en quatre parties et reprendre avec un angle rasant avec une lampe très forte puis une autre avec un tissu rouge pour changer l'éclairage.

– Tu as de drôles d'idées. Mais bon on va te faire ça. C'est quand ?

– Si tu es là dimanche on le fera avec Alice.

– C'est vrai, ta muse te donne des idées

– Non pas une muse, une amoureuse

– Ça donne le même résultat ! Et les lettres de muse sont dans amoureuse...

Le dimanche soir, Matthieu regarde les tirages des photos et il en a mis trois de côté dès le premier jour. Barbara suit de près ce classement et cherche aussi des détails d'une écriture selon ce que Matthieu lui a dit. Elle ne voit rien de remarquable et ne reste que peu de temps avant de retourner dans la cuisine. Matthieu la suit un quart d'heure plus tard pour manger. Il retourne voir les photos aussitôt après le dessert. Toute la semaine, c'est le même horaire : coucher à minuit, départ au travail le matin à huit heures et retour à la maison vers dix-sept heures trente ou dix-neuf heures si Alice ne travaille pas. Vendredi soir, Matthieu arrive à presque vingt heures accompagné d'Alice. Barbara est surprise et demande des explications à son fils.

– Je crois que j'ai trouvé ce que je cherche. Il y a des lettres sous les enluminures. On va regarder de près avec Alice avant de se coucher.

– Ah bon ! elle dort ici ce soir ?

– Maman, ça te choque ? On est quand même adultes depuis longtemps.

– Bon, mangez tous les deux. Mais il n'y a pas de rab, j'avais fait pour nous deux.

– Une petite part avec l'amour et l'eau fraîche nous suffira largement.

Il n'y a presque pas un mot prononcé pendant le dîner. Barbara semble vexée de voir Matthieu lui imposer la présence d'Alice sans la prévenir. La porte de l'atelier se referme sur les deux jeunes peu de temps après vingt heures trente. Le livre est rapidement posé sur la table et Matthieu l'ouvre et tourne les trois premières pages. Il pose son index gauche sur un cercle rouge et jaune d'où partent comme des branches avec des feuilles. Elles ressemblent à des feuilles de chêne. Il glisse son doigt de deux centimètres vers le haut et dit à Alice

– Là, en biais on a peut-être des lettres écrites en caractère gothique. Pour moi je crois voir L.E. ?.N. ?. Regarde et dis moi ce que tu en penses.

Alice se penche sur l'endroit que Matthieu lui indique et lui demande la loupe. Elle regarde, se collant l'œil à la loupe et la déplaçant millimètre par millimètre. Elle se relève après cinq minutes d'observation en confirmant à Matthieu son idée. Il la remercie et tourne six pages d'un coup et pose la loupe en plein milieu. Alice comprend et se penche à nouveau. Quand elle se relève elle se tourne vers Matthieu en lui annonçant que sur cette page ce sont quatre autres lettres qu'elle a vu : N.T. ?. ?. Matthieu attrape Alice et la serre dans ses bras.

– Ma chérie, on a trouvé ! Ce livre n'est pas un simple registre d'église. Il a été écrit sur un plus ancien. Et ces lettres semblent former en partie les noms des évêques Solenne et Aventin. Ils ont vécu autour de l'an 500. Entre ici à Châteaudun et la cathédrale de Chartres.
– Donc c'est un trésor encore plus grand !
– Sans doute. Il faudrait faire une lettre à ton oncle pour lui dire, surtout lui demander si cette superposition d'écrits était courante à cette époque.
– Je lui écrirai quoi ?
– On range tout ici et on retourne dans la salle. On va le dire à maman. Elle nous donnera certainement des conseils.

La discussion autour de la table a été animée jusqu'à une heure du matin pour préparer le brouillon de la lettre à l'oncle Lucien. Alice la relit deux fois et même la recopie. Elle la postera dès demain matin samedi. Elle n'oublie pas de mettre les quatre photos choisies par Matthieu dans l'enveloppe. Il lui conseille de passer par le guichet à la poste le poids dépassant sans doute les vingt grammes d'un envoi simple. Il est une heure et demie quand ils ferment la porte de la chambre.

Dix heures sonnent à la mairie quand Alice et Matthieu sortent de la poste et se rendent à leur café habituel. Monique et Roland qui venaient de faire quelques achats les aperçoivent et viennent s'asseoir à leur table. La conversation tourne une fois de plus sur le fameux livre et Matthieu explique ce qu'il croit avoir trouvé et qu'il a envoyé à l'oncle Lucien. Monique et Roland écoutent avec attention puis en se préparant à partir les invitent à manger le soir, Alice regarde Matthieu et à son regard comprend son approbation et répond favorablement à sa mère.

À quatorze heures sous un beau soleil de cette fin du mois de janvier, Matthieu et Alice se tenant par la main partent vers le carrefour Saint Médard. Ils descendent tranquillement la rue du Val, Matthieu montrant quelques maisons avec des vieilles pierres plus ou moins taillées pour faire les tableaux des portes et fenêtres. Alice ne semble pas s'y intéresser beaucoup et se serre de plus en plus le long de son amoureux. La balade se continue jusqu'au delà du pont sur le Loir. Matthieu s'arrête et prend Alice dans ses bras ;

– Ma chérie, aujourd'hui je te fais faire le tour de tout ce qu'on a découvert ensemble, sans s'approcher ou chercher un détail.
– On va où alors ?
– Là, on est à l'endroit de l'église Saint Martin. On passe voir le puits derrière l'emplacement de l'église Saint Médard puis après on longe le château et on va grimper les deux cents marches.
– Je comprends pourquoi tu n'as pas voulu que je mette mes chaussures à talon !

Alice embrasse Matthieu sans se préoccuper des gens qui passent.

Une heure plus tard ils s'approchent du carrefour des rues de la Madeleine et du Guichet. Matthieu prend Alice dans ses bras et lui montre les marques sur les pierres puis lui dit

– On a fini notre balade d'aujourd'hui. J'ai décidé de ne pas y revenir avant la réponse de ton oncle Lucien. Il faut qu'on passe à autre chose.

– Tu me dis quoi ? Tu abandonnes tes recherches sur tes cailloux ? Et c'est quoi cette autre chose ?

– Oui. Je prévois surtout quelque chose autre que ces marques sur ces pierres, quelque chose de bien plus important : toi.

– Moi ?

– Oui, toi. Tu m'as dit que tu voulais bien qu'on se marie. Et si on le faisait le jour de la fête médiévale ? C'est ce jour là qu'on s'est rencontrés .

Alice se met à pleurer et attrape Matthieu par le cou, se réfugie sur son épaule, l'embrasse et en hoquetant lui dit un faible oui. Matthieu se recule un peu, pose ses mains sur les épaules d'Alice puis la plaque contre lui et la serre fort dans ses bras. Il a aussi des larmes qui coulent.

Après plus d'une minute dans les bras l'un de l'autre, Alice se libère de l'étreinte de Matthieu et le regardant dans les yeux lui dit :

– Matthieu on s'aime. Et bien sûr que je suis d'accord pour ce jour là.

– Alice, Je laisse tomber un peu mes recherches sur les cailloux et les marques dessus. Maintenant je pense être arrivé au bout de ce que voulait dire ces marques des anciens sur les pierres et de plus on a un trésor.

– Et tu vas en faire quoi de ton trésor.

– Mon idée, si tu es d'accord. Je le vois comme un cadeau de mariage mais à l'envers ;

– À l'envers ?

– Un cadeau de mariage on le reçoit. Eh bien moi je veux l'offrir à ceux à qui il revient, l'offrir à la ville, au maire quand il nous mariera.

– Oh !!!!

– Bon, on rentre on va le dire à maman.

– Dire quoi à ta mère ?

– Ton oui, et mon idée ma chérie.

– Je t'aime, on y va.

Barbara ne comptait pas que les jeunes reviendraient si tôt, elle est en plein travail de finition sur un ange dans son atelier. Elle les entend parler et rire comme s'ils avaient trouvé quelque chose d'exceptionnel ou de beau. Elle arrête le tour, s'essuie les mains et vient les rejoindre dans la salle à manger. Dès qu'elle franchit la porte, elle se trouve face à face avec Alice dans les bras de Matthieu. Tous les deux la fixent avec des yeux humides.

– Qu'est-ce qui vous arrive, vous êtes tout drôle.

– Barbara voulez vous êtes ma belle mère cet été ?

– Tu me dis quoi Alice ?

– Matthieu m'a proposé de faire notre mariage lors de la fête médiévale début juillet.

– Si monsieur le maire est d'accord moi aussi. Venez dans mes bras mes enfants.

Rires et larmes se succèdent pendant quelques minutes puis Barbara demande si Monique et Roland sont au courant. Alice lui répond qu'ils mangent là bas ce soir et qu'ils seront informés au dessert.

Les cloches de l'église sonnent à la volée pour appeler les fidèles à l'office du dimanche. Barbara les entend depuis son atelier. Il est donc dix heures bientôt trente. Elle n'a pas entendu Matthieu rentrer hier soir ou cette nuit. Elle n'a pas d'inquiétude, elle se doute que le repas hier soir chez Monique et Roland a dû être plein de surprises avec l'annonce du choix de la date du mariage. Elle se pose une grande question : que va faire son fils de toute cette histoire de pierres gravées et de ce livre avec les enluminures. Elle regarde l'heure à la pendule de la cuisine et ouvre le réfrigérateur pour voir ce qu'elle pourrait faire à manger pour midi. Elle n'a pas le temps de réfléchir, Matthieu et Alice viennent d'ouvrir la porte et entrent ayant l'air de deux jeunes complètement insouciants de ce que se passe autour d'eux. Ils se tiennent par la main et s'arrêtent devant Barbara et en cœur lui disent un grand « Bonjour Maman » qui la fait presque pleurer. Elle répond en les serrant tous les deux dans ses bras. Matthieu se desserre de l'étreinte et dit :

– Maman, Roland et Monique sont heureux de notre choix de date. Pour fêter ça, c'est nous deux qui vous invitons au restaurant à midi. Un petit cadeau pour vous trois.

– Vous êtes adorables. J'espère qu'il y aura autre chose que des cailloux à manger parce que depuis deux ans, on commence à en avoir marre !

– Promis maman, c'est fini – ou presque – je vais mettre en sûreté les livres et les quelques cailloux qui sont ici. On les gardera toujours avec Alice, c'est ce qui nous a réunis. Si tu veux on se retrouve tous ici après le restaurant.

– Tout ce que tu veux ! Donc il faut que je me fasse belle !

– Tu as le temps ; on a réservé une table pour midi et demi.

– Mais il faut que je termine en cuisine ce qui est commencé. Bon je pense que ce sera prêt dans une heure.

– Oui, nous on ressort et on va faire une petite balade. À tout à l'heure.

Barbara est restée sans bouger pendant deux ou trois minutes après le départ des deux jeunes. Ce passage en courant d'air l'a déstabilisée dans son train-train du dimanche matin.

Il est quinze heures quand ils se retrouvent tous chez Barbara. Matthieu et Alice s'éclipsent dans l'atelier après avoir parlé au creux de l'oreille de Barbara qui a approuvé d'un hochement de tête. Elle est en pleine conversation avec Monique et Roland sur la décision de leurs enfants : se marier lors de la foire aux laines ! En premier, tous les trois sont d'accord pour les aider pour un logement mais s'interrogent sur ce qu'ils veulent pour la cérémonie : mairie seulement, église ou pas, en grande pompe ou dans l'intimité. Ils décident de mettre tout ça sur le tapis dès leur retour dans la salle. Ils n'ont pas longtemps à attendre. Alice et Matthieu reviennent et restent debout à l'extrémité de la table. Matthieu prend la main d'Alice dans la sienne et après quelques hésitations annonce :

– À vous trois, on vient de vous faire une grande annonce. Elle vous surprendra peut-être. Pour nous c'est ce qu'on veut. J'y réfléchissais depuis déjà plusieurs semaines.

– Tu me l'avais caché !

– Alice, une chose que je ne t'ai pas cachée c'est que je t'aime.

– Oui. Je le sais et c'est réciproque

– Bon. Je reprends. Cette décision est un virage dans notre vie, J'ai mon travail, Alice commence le sien. Donc on peut fonder une famille.

– Une famille ce sont des enfants ! s'exclame Monique

– Ça viendra, mais il faut qu'on soit d'accord avec Alice. Bon. Passons aux choses sérieuses, j'ai proposé quelque chose pour notre mariage. Un cadeau important, très important.

– Et il va nous coûter une fortune ou pas ?

– Presque rien. Une belle boite et un bel emballage avec des fanfreluches pour faire un décor de fêtes.

– Qu'est-ce que tu vas emballer dedans et c'est pour qui ?

– Alice, je te laisse le dire.

– Matthieu m'a surprise en me parlant d'un cadeau à l'envers. Il m'a expliqué ce qu'il voulait faire

– Et c'est quoi ,

– Il a pris la décision de ne pas garder le grand livre avec les enluminures. Ce trésor doit revenir à la ville. Et donc, on reçoit souvent un cadeau à la mairie,

– Vous aurez votre livret de famille !

– Nous, on offrira ce livre au maire. C'est une tranche de l'histoire de la ville. Même si le découvreur d'un trésor peut en être propriétaire, nous ne saurions pas comment le conserver. Ne soyons pas égoïste.

– Oh ! Vous êtes formidable ! s'exclame Roland qui vient prendre Matthieu dans ses bras.

– J'attends le prochain courrier de l'oncle Lucien pour ce livre.

– Tu lui as demandé quelque chose ?

– Oui. Il est aussi expert auprès de son université pour les vieux écrits et il doit me faire une attestation indiquant l'âge estimé du livre et des fragments d'écritures.

– Une confirmation de sa valeur alors ?

– Oui. Si on veut

– Tu penses à tout !

– Oui. Et je vous demanderais à tous de faire comme moi : ne pas dévoiler où nous l'avons trouvé, on a le droit d'avoir notre secret.

– On a envie de t'applaudir !

Barbara s'éclipse quelques instants et revient avec le café et un plateau avec des gâteaux. Les discussions s'interrompent aussitôt.

Un cœur percé de trois pointes.
Matthieu l'appelle le sacré cœur

Le grand jour

Depuis ce samedi et ce dimanche de fin janvier, Alice et Matthieu se consacrent à leur futur mariage. L'oncle Lucien a bien envoyé une lettre pouvant faire office de certificat d'authenticité pour le grand livre. Au début du mois de mars, les deux jeunes se sont rendus à la mairie pour choisir la date et savoir quels sont les papiers à fournir. Ils ont posé une question au sujet de la grande fête de la foire aux laines. Ils ont expliqué que c'est cette fête qui les a fait se rencontrer et ils auraient bien aimé se marier ce jour là.

– Il n'y a aucune cérémonie possible ce week-end là. Vous pouvez éventuellement le vendredi.

– Alors, nous choisissons le samedi précédent, le dernier de juin. Nous préférons l'après-midi mais il y a quelque chose que nous désirons absolument : que ce soit monsieur le maire lui-même qui officie.

– Vous êtes exigeants !

– Non, c'est qu'il y aura de notre part un évènement de grande importance pour la ville.

– Et c'est quoi ?

– C'est un secret de grande valeur. Nous ne pouvons pas vous en dire plus.

– Je vais transmettre à monsieur le maire votre demande.

– Merci. Vous aurez tous les papiers dans la semaine.

– Bonne journée et plein de bonheur par avance.

Alice et Matthieu ont fait plusieurs fois leur balade dans le centre ancien cherchant toujours de nouvelles gravures, le virus des vieilles pierres ne les quittant pas. Ces promenades les confortent dans leur grande décision du mariage qui se rapproche. Barbara, Monique et Roland se sont retrouvés souvent pour organiser le repas, les invitations. Quand ils questionnent les deux jeunes, ils n'ont qu'une seule réponse :

– En dehors de la mairie, notre souhait est l'intimité. Nos familles ne sont pas nombreuses. J'ai mon patron, Alice c'est son oncle. Vous invitez qui vous voulez mais on ne veut pas d'un banquet avec quarante ou cinquante personnes qui ne viennent que pour se gaver. Restons entre nous.

– Matthieu as-tu demandé à Alice si sa pensée était la même ?

– Je lui ai demandé et c'est nos habitudes, nous aimons être un peu isolés en regardant le monde autour de nous. Sans doute que les cailloux nous parlent plus que les gens. Faîtes selon vos idées, vous avez les nôtres.

– On va faire au mieux. Vous aurez certainement des surprises.

– Pas de problèmes, avec Alice on s'occupe maintenant de ce qui va se passer à la mairie.

Il y a pendant tout les mois d'avril et de mai des samedis après-midi autour d'un café et des petits gâteaux avec des discussions autour des invités et du plan de table. La première semaine de juin, Matthieu reçoit une lettre de la mairie pour son mariage, le maire désire le voir. Il en parle à Alice dès le lendemain soir lors de leur rendez-vous habituel. Elle lui propose qu'il demande un rendez-vous pour le vendredi vers quinze ou seize heures, sa journée se terminant à midi le vendredi. Son chantier actuel étant en ville, Matthieu va demander à son patron de quitter un peu avant midi en le prévenant qu'il doit aller à la mairie et qu'il prendrait son vendredi après-midi.

– Matthieu, il va falloir te ressaisir. Tu compenseras tes heures d'absence un samedi matin. Je sais que tu as en tête ton mariage mais ce n'est que dans trois semaines. Pas d'inquiétude tu l'auras ton vendredi. Au fait c'est à quel sujet ta visite à la mairie ?

– Lors du rendez-vous avec les services de l'état civil, avec Alice on a demandé que ce soit le maire qui officie

– Rien que ça ! Vous n'exagérez pas un peu ?

– Non, patron. Vous savez ce que j'ai trouvé

– Le vieux livre du souterrain ?

– Oui. Je sais qu'il est exceptionnel

– Pour toi !

– Non. Pas que pour moi. Je veux justement l'offrir à la ville et donc le donner au maire en personne le jour de notre mariage, ce sera notre cadeau et un cadeau pour nous.

– Oh ! Eh bien bravo pour cette initiative. Tu me tiendras au courant de ce que vous vous êtes dit avec monsieur le maire

– Pas de problème. Vous serez présent, puisque vous avez accepté d'être mon témoin ! Par contre je vous demande de ne pas parler de ce livre qui changera de propriétaire à la fin du mois.

– Bon, bien Matthieu. En attendant, au boulot, le burin et la massette sont orphelins de tes mains. Hop !

– J'y vais.

Vendredi à quatorze heures Alice entre et fait la bise à Barbara qui l'attendait dans son atelier. Matthieu qui a entendu la porte les rejoint et embrasse sa future épouse. Un quart d'heure plus tard, ils entrent dans la mairie et demandent pour se rendre au bureau du maire avec qui ils ont rendez-vous. La jeune femme de l'accueil leur montre l'escalier en leur disant d'entrer après avoir frappé, au premier étage, dans le bureau des secrétaires en face de l'escalier. Ils sont accueilli par deux jeunes femmes qui leur demandent d'attendre en s'asseyant dans les fauteuils en haut des marches et que le maire les recevra dans moins de cinq minutes. Matthieu montre à Alice les documents à disposition qui sont consacrés à la ville, en particulier un fascicule sur la foire aux laines. Il le prend et commence à tourner les pages pour voir s'ils ne se verraient pas tous les deux sur une des photos. Il a à peine cherché sur la troisième page que la porte du bureau s'ouvre et le maire les invite à entrer.

– Bonjour monsieur le maire

– Bonjour mademoiselle et monsieur. Alors vous vous mariez dans trois semaines et vous avez demandé à me voir maintenant pour quelque chose d'important. Les services de l'état civil m'ont prévenu que vous désiriez que ce soit moi qui officie. C'est bien une des rares fois qu'on me le demande d'une telle façon. Vous allez sans doute me dire pourquoi.

– Monsieur le maire, je travaille la pierre depuis une dizaine d'années et je travaille sur les monuments historiques après un tour de France.

– C'est bien jeune homme. Et alors ?

– Avec Alice, nous nous sommes rencontrés sur la foire aux laines et nous aurions voulu que notre mariage se fasse lors de la prochaine. Mais ce n'est pas possible

– Oui. C'est le seul samedi de l'année où on ne marie pas.

– Donc on a accepté la semaine précédente

– Oui, mais pourquoi que ce soit moi ?

– Lors de notre mariage, il y aura un évènement, une découverte pour la ville. Quelque chose en rapport ou grâce à mon métier.

– Oh ! Et c'est si important ?

– Pour nous, oui ! Et on parlera longtemps de notre mariage par le souvenir que nous vous offrirons.

– Et je peux savoir ce que c'est cet évènement ?

– Avec Alice nous avons convenu de ne rien dévoiler avant de vous l'avoir remis. La seule chose que nous vous disons c'est que ça a un rapport avec les pierres gravées dans le vieux centre ville et l'histoire de la ville il y a longtemps.

– Oh ! Vous m'intriguez ! Ce n'est tout de même pas une pierre gravée ?

– De par mon métier j'aurais pu le faire. Mais non. Alors monsieur le maire, serez vous avec l'écharpe pour recevoir nos oui ?

– Avec votre devinette, je vais être obligé de le faire.

– Merci monsieur le maire. Vous serez réellement surpris de ce cadeau pour la ville. Il n'y a que vous pour le prendre dans vos mains

– Oh ! Donc ce n'est pas trop gros ni lourd !

– Vous le verrez dans peu de temps. Merci et au revoir.

– Au revoir les jeunes et je suis impatient de savoir ce que vous me réservez.

Alice et Matthieu serrent la main du maire et prennent congé. En descendant l'escalier, Matthieu vole un baiser à Alice qui lui rend et tous les deux éclatent de rire, Matthieu faisant un commentaire sur la tête du maire quand il a parlé du cadeau : un évènement.

Barbara vient au devant des jeunes quand elle entend la porte d'entrée. Elle n'a pas besoin de poser de questions sur le rendez-vous à voir leurs visages éclatants de joie :

– Maman, le maire est inquiet de notre cadeau. On lui a dit que ce serait un évènement pour la ville. Dommage que tu n'aies pas vu sa tête !
– Vous croyez avoir réussi votre coup ?
– Oui. Je crois qu'on va le savoir dans peu de temps.
– Et comment cette confirmation ?
– Maman, tu auras peut-être une visite. La mairie va vouloir savoir qui nous sommes. Il faut qu'on trouve une meilleure cachette pour le livre. On va voir dans le grenier.

Le lundi, Matthieu a repris son travail normalement sur le chantier de reprise d'encadrements de fenêtres dans une ferme isolée. Il a une dizaine de pierres à tailler pour faire les feuillures avant de les poser. Massette et burin font leur chanson des coups et les éclats de pierre volent devant Matthieu. Il aura fini la taille pour midi et la pose se fera après

manger. Alice de son côté est à son poste pour donner les soins aux résidents de la maison de santé.

Barbara a arrêté son travail pour aller à la
porte quelqu'un ayant sonné. Elle ouvre, le facteur
est là et tend une lettre à signer qui n'est pas un
recommandé. Elle est assez épaisse et est adressée à
Matthieu. Elle remercie le facteur et en rentrant
examine ce courrier. C'est un envoi de l'oncle d'Alice
avec des étiquettes fragile sur chaque face de l'enveloppe. Barbara va le poser sur la table de la salle à
manger et retourne à son ouvrage. Il est presque dix-
neuf heures quand Matthieu rentre de sa journée de
travail. Sa mère lui indique la lettre sur la table. Il la
prend dans ses deux mains, la tourne sens dessus-
dessous, semble la soupeser, relit trois fois l'adresse
de Lucien qui figure comme expéditeur. Matthieu
esquisse un large sourire et se tournant vers sa mère
lui dit

– Maman, sans doute là-dedans la vérité sur
notre livre. Bon, je vais chercher un couteau à la
cuisine et je l'ouvre.

Barbara est restée sans bouger entre la table et
la fenêtre. Elle regarde son fils introduire la lame du
couteau lentement sous le pli de fermeture puis

trancher en avançant par à-coups. Matthieu a du mal à se maîtriser et finit par déchirer l'angle de l'enveloppe. Il plonge la main dedans et sort une feuille de papier et une autre enveloppe. Il déplie la feuille, sa mère s'approche et regarde par dessus son épaule. Elle lit la vingtaine de lignes en même temps que lui. C'est bien la lettre de l'oncle Lucien. Il explique en quelques lignes qu'il a trouvé des éléments pour son livre et il a réuni le tout dans le coffret. Matthieu prend la deuxième enveloppe et l'ouvre. Une longue boite en bois laqué rouge épaisse de moins de trois centimètres y est glissée. Il la pose sur la table et se recule. Il la fixe puis la reprend dans sa main. Il se décide à l'ouvrir. Elle contient un papier roulé attaché par un ruban. Ce n'est pas une feuille ordinaire mais plutôt un parchemin. Il détache la boucle du ruban et déroule le document et le tend à bout de bras devant ses yeux. À chaque angle il reconnaît quatre photos qu'il avait envoyées qui sont imprimées et il n'y a qu'une dizaine de lignes rédigées avec des lettres qui ressemblent aux formes de celles du livre, on pense à de l'écrit gothique du moyen âge. Matthieu le rapproche de son visage et lit. Il comprend que c'est l'oncle qui l'a écrit et qui atteste de l'ancienneté de l'origine de sa découverte. Il se tourne vers sa mère.

– Maman, l'oncle Lucien a fait l'attestation de l'origine du livre. Ça va encore plus surprendre à la mairie. Et ça veut dire que j'avais raison, c'est une découverte extraordinaire pour la ville.

– Je vois que tu as réussi ce que tu voulais depuis la première fois que tu as vu les signes sur les pierres en ville.

– Maman, je ne voulais rien. C'est mon métier qui m'a attiré vers ces recherches.

– Et te rappelles-tu ton premier contact avec une pierre gravée ?

– Oui, mais raconte moi la encore, s'il te plaît

– Cette pierre c'est celle qui est en photo dans l'entrée et elle t'a marqué les deux genoux, tu as butté dessus en sortant de l'école maternelle. J'ai vu la marque et j'ai pris la photo. Demain, quand tu reviendras du travail, passe prendre Alice et on ira voir cette pierre, cette pierre qui est le début de cette aventure.

– Merci maman ! Oui, on ira voir. Et samedi et dimanche on va faire le paquet cadeau pour la mairie, c'est à peine dans trois semaines.

Matthieu embrasse sa mère puis lui annonce qu'il part tout de suite voir Alice pour lui dire que son oncle a écrit.

Mardi à quatorze heures, Alice arrive chez Barbara. Le mariage est samedi, dans quatre jours, et tous vont un peu partout pour que tout soit bien. Elles s'embrassent et vont ensemble dans l'atelier. Matthieu est face à la table principale de sa mère et regarde fixement son livre. Il l'a posé sur un drap blanc qu'il plie pour recouvrir l'ouvrage. Il n'a pas entendu Alice et Barbara entrer. Elles ne disent pas un mot et esquissent un sourire, Matthieu semble avoir des difficultés pour bien envelopper le livre. Alice se décide à faire les trois pas pour l'embrasser. Matthieu est surpris et lui demande

– Tu es là depuis longtemps ?

– Non, deux ou trois minutes. Avec ta mère on te regarde faire ton paquet cadeau. De la façon dont tu t'y prends, il ne sera pas fait avant dimanche ! Nous allons nous en occuper. Juste une question, mets-tu la petite boite avec le document ou tu la donneras à part ?

– Plutôt à part et je la donnerai en premier, de façon à mettre du mystère pour le gros paquet.

– Je vois. Bon, as-tu autre chose que ton drap ?

– Oui. Regarde au bout de la table, il y a plusieurs feuilles de papier cadeau. Choisis celle qui te convient.

– Barbara, avez vous des ciseaux ? On regarde la grandeur du drap, on coupe et on plie On mettra une ficelle en croix pour le tenir avant de mettre le papier cadeau avec du bolduc et des nœuds et aussi des fanfreluches. On y va. Matthieu on te laisse faire pour la petite boite.

Quarante cinq minutes plus tard, ils sont autour d'un café toujours en parlant de ce livre. Alice demande qui va l'emmener à la mairie et comment. Au bout de dix minutes la décision est prise, ce sera l'oncle Lucien qui en sera chargé et il devra faire un petit discours pour présenter ce drôle de cadeau en remettant la petite boite. Alice propose de mettre le livre dans une valise pour qu'il soit caché. « Certains penseront qu'on est prêt à partir pour la nuit de noces ! »

Le lendemain, mercredi, tous sont chez Monique et Roland pour terminer l'organisation de la cérémonie. Ils relisent ensemble la liste des invités à la mairie et au vin d'honneur puis ceux qui seront au repas au restaurant. Pour ce dernier point, il n'y a pas de changement. Matthieu a invité avec son patron son épouse, Barbara n'a pas d'invités, Alice aura deux copines d'études et ses parents ont bien sûr invité l'oncle Lucien et sa femme. Un repas dans la simplicité selon les désirs des mariés qui avaient expliqué que le bonheur n'est pas au nombre des mangeurs mais aux sentiments des deux mariés. Pour la mairie et le vin d'honneur, il y aura en plus des collègues d'Alice, des clients de Barbara, certains clients du patron de Matthieu où il a travaillé en restauration de vieux murs. Roland a invité ses supérieurs et quelques ingénieurs de l'entreprise. Alors que la discussion à ce sujet s'épuise, Matthieu intervient

– Ce matin, j'ai eu une réponse positive à une invitation que nous avions décidée avec Alice un peu au dernier moment.
– C'est quoi encore ? Tu as toujours des idées un peu bizarres !
– J'ai su qu'il y a depuis plus de cent ans une société d'histoire et d'archéologie dans notre ville. Notre découverte va certainement rejoindre leurs archives ou celles des la ville. Le président sera présent. Je ne lui ai pas dévoilé le cadeau mais je l'ai décidé avec des sous-entendus et c'est pour ça que l'oncle Lucien est la bonne personne pour le remettre au maire. On lui en parlera dès son arrivée. Je ne parlerais pas de l'autre livre, je voudrais le garder. On verra plus tard avec Alice

– Il sera là vendredi après-midi. Donc tu pourras lui expliquer.

– Bon. Je n'ai plus rien à dire. Et vous ?

– Moi si. Ne bougez pas, j'apporte les gâteaux et le café.

– Je viens vous aider Monique, dit Barbara en se levant.

Vendredi à quinze heures, tout le monde se retrouve chez Monique et Roland pour accueillir Lucien. Il est arrivé depuis vingt minutes quand Matthieu arrive avec sa mère et Alice.

– Bonjour Lucien.

– Bonjour Matthieu

– Vous m'avez fait un sacré plaisir avec votre parchemin d'authentification. On va vous expliquer ce que tout ça va devenir.

– J'ai compris dans ton courrier que tu vas le donner à la ville demain.

– Pas moi, vous !

– Moi !

– Pas tout à fait. Une fois qu'avec Alice on se sera fait un gros bisou après l'échange des alliances, vous offrirez au maire un petit présent en lui demandant de l'ouvrir, c'est votre parchemin dans sa petite boite et vous demanderez qu'il l'ouvre tout de suite.

— Mais le livre ?

— Ce sera nous, Alice et moi.

— Et il sera où ?

— Un gag ! On n'en dit pas plus.

— Matthieu, il n'y a pas longtemps qu'on se connaît mais j'apprécie ta façon de voir les choses. Alice, il n'y a pas de doutes, tu as choisi le meilleur !

Tous éclatent de rire puis se mettent à parler du programme du lendemain après-midi. Roland confirme que la police municipale autorise seulement deux voitures devant la mairie et que les autres iront sur la place en n'oubliant pas le disque de zone bleue. Il rappelle que la décoration de la voiture des mariés se fera dans la matinée sans dévoiler où et laquelle ce sera. Les bonnes habitudes de revenir autour de la table pour un café et des gâteaux sont appliquées aussitôt. À dix-sept heures trente, tous se séparent en allant chez soi pour les derniers détails. Alice et Matthieu partent de leur côté vers le centre ville, vers leur café habituel pour garder leur tradition de s'installer à la terrasse non loin de la fontaine et de se regarder dans les yeux en se tenant les mains. Ce sera leur dernière fois de célibataires. Ils en rient sans se soucier du serveur qui leur apporte leurs cafés. Matthieu accompagne Alice jusque chez elle. Sa mère lui demande de rentrer pour quelques instants et lui dit :

– Demain, bien que vous soyez depuis long-temps ensemble, Matthieu tu respecteras les traditions en arrivant avec ta mère directement à la mairie au moins dix minutes avant l'heure

– Ah bon !

– Oui. Il faut que ton épouse arrive après toi avec sa belle robe

– Et après ?

– Tu attendras pour monter à la salle des mariages qu'Alice y soit déjà. Ensuite tu verras ce qui se passe.

– Pourquoi tout ce manège ?

– Il y a un peu de mystère dans ces moments, donc ne soit pas en retard demain.

– Non, ne vous inquiétez pas, je serais à l'heure.

Matthieu fait la bise à sa future belle-mère et un long baiser à Alice avant de repartir. Il est tout pensif sur le chemin de retour. Sa mère lui demande ce qui le tracasse quand il entre. La réponse est évasive sur le lendemain après-midi.

Samedi matin, depuis sept heures Matthieu tourne en rond dans la maison. Il sait qu'à quinze heures ce sera le grand moment à la mairie. Barbara lui demande de se calmer, que de s'énerver ne changera rien et que tout est prêt et dans le sens qu'il voulait avec Alice. Par trois fois il regarde son costume posé sur le lit. Il est pensif devant, pour lui la vie depuis deux ans a passé à une grande vitesse, perdu entre les cailloux et Alice. Il commence à se calmer vers onze heures après avoir fait un tour en ville jusqu'à la mairie et un arrêt à la terrasse du café où il y aurait presque son nom avec celui d'Alice sur une table. Il a regardé les banderoles qui sont fixées en travers de certaines rues pour annoncer la fête de la semaine prochaine. Cette vue lui fait remonter les souvenirs de cette soirée spectacle où il s'était retrouvé assis côté de celle qui va porter son nom tout à l'heure. Revenu à la maison, il demande à sa mère ce qu'il y a à manger. La réponse est brève : « rien ! ». Il va dans la cuisine et se fait un casse-croûte avec du fromage. Il le mange sans entrain puis boit deux verres d'eau. Sa mère qui l'a observé dans l'entrebâillement de la porte, fait un sourire puis vient l'embrasser en le serrant dans ses bras.

– Alors, tu es prêt pour le grand moment ?

– Oui, maman, mais j'ai comme une peur, je ne sais pas quoi.

– On a encore du temps, si tu veux te décontracter, tu peux passer sous la douche et te faire une beauté. Pas habituelle mais la beauté des grands jours. Je viendrais t'aider pour le coup de peigne. Allez fonce.

– Bah… Si tu veux.

Il est quatorze heures vingt quand Matthieu se regarde dans la glace de l'armoire de la chambre. Il peine à se reconnaître, c'est sans doute une des premières fois de sa vie qu'il est en costume. Il tourne dans la salle à manger et regarde l'écrin noir qui contient les alliances, le prend, l'ouvre, le lève à hauteur de ses yeux et le repose rapidement : il sent qu'il y a des larmes prêtes à perler. Barbara le regarde et lui dit de se préparer, qu'il va falloir y aller dans cinq minutes. Matthieu regarde sa montre et fait remarquer qu'il est juste la demie et qu'en cinq minutes ils seront à la mairie.

– Matthieu, l'usage veut que ce soit le marié qui attende sa future épouse. Je pense que le quart d'heure à la mairie passera très vite. Tes amis et la plupart de la famille attendent aussi et tu les salueras, donc tu ne verras pas le temps passer.

– Maman, alors on y va. Bon, attends, je prends les alliances. Tu vois je les mets dans la poche droite de la veste, si l'émotion me fait perdre la mémoire, tu pourras me le dire.

– Bien sûr mon chéri. Au fait, il y a quelque chose que tu ne m'as pas dit

– Quoi ?

– Vous allez où avec Alice cette nuit ?

– Ma voiture est déjà arrivée dans la cour du restaurant

– Tiens c'est vrai, je ne l'ai pas vue depuis hier. Et après, vous n'allez pas dormir dedans !

– Ne t'inquiètes pas maman. Un grand lit nous attend dans un endroit que personne trouvera !

– Tu peux me le dire, je suis ta mère !

– Non. C'est à Alice de te le dire, on verra ce soir pendant le repas. Bon on y va ?

– Oui, je prends les clefs, En route.

Il y a une dizaine de personnes sur le trottoir devant la mairie quand Matthieu et Barbara tournent au coin de la rue. Les conversations s'interrompent et les têtes se tournent vers les arrivants. Des mains se tendent pour une poignée ferme et amicale tandis que les joues des femmes reçoivent des bises. Tous entourent le futur marié et sa mère. D'un coup, ils sont trois à poser la même question à Matthieu

163

– Vous partez où en voyage de noces. Tu arrives avec la valise déjà prête !

– Non, ce n'est pas pour partir. Vous verrez tout à l'heure, c'est une surprise.

– Et puis moi je suis là, une mère c'est fait pour surveiller

Tous éclatent de rire en entendant Barbara faire cette réponse. Les conversations continuent entre les invités dont quelques uns regardent leur montre.

La voiture de Roland et Monique arrive de la rue principale de l'autre côté de la place et vient se garer sur un des deux emplacements réservés juste devant la mairie. Matthieu s'en approche mais est déçu, Alice n'est pas dedans. À ce moment, un bruit de klaxon, un peu bizarre, provient de la grande rue. Tout le monde regarde dans cette direction et un cabriolet bleu et blanc fait le tour puis stoppe juste devant la porte de la mairie sans se préoccuper du passage piéton. Derrière le volant, le chauffeur en jaquette rouge à boutons dorés a une casquette avec des cercles jaunes comme un képi de haut gradé. Il descend et va ouvrir la portière pour laisser le passage à Alice dont tout le corps, à l'exception des yeux est caché sous les épaisseurs de voile blanc. Matthieu fait un pas vers elle mais sa mère le retient en lui disant d'attendre. Alice lui fait un regard complice mais entre directement dans la mairie, les trois coups de quinze heures sonnent à la pendule. Tout le groupe suit et monte l'escalier. Barbara, ayant toujours la valise à la main ferme la marche avec Matthieu. Le maire attend à la porte de la salle des mariages et les accueille tous un par un d'un mot et d'un sourire. Il demande à Barbara si c'est une surprise dans la valise. Elle ne répond pas et entre avec Matthieu qui va s'asseoir à gauche d'Alice dans un beau fauteuil face au bureau derrière lequel une secrétaire est debout et se recule pour laisser passer le maire qui prend en main les documents pour prononcer le mariage.

Au bout de dix minutes de lectures et de questions et réponses, le maire déclare Alice et Matthieu unis par le mariage sous les applaudissements des invités et des amis qui ont totalement rempli la salle. Le maire regarde Matthieu qui vient de glisser l'alliance au doigt d'Alice puis l'autre échange de l'anneau nuptial. Matthieu a vu son regard un peu inquiet et lui dit :

– Monsieur le maire, merci d'avoir accédé à notre demande que ce soit vous qui officiez pour notre mariage. Je vous avais promis une surprise. C'est le moment.

– J'ai vu que vous aviez une valise. Vous partez où ?

– Cette valise n'est pas prévue pour aller quelque part sauf ici. Bon passons aux choses sérieuses. Lucien vous pouvez venir à côté de nous.

– Oui, bien sûr. Bon. Monsieur le maire, je suis historien et les jeunes mariés m'ont confié une mission. Prenez ce petit coffret qui est le début, ou la fin, d'une aventure.

Le maire est surpris de ces mots et accepte de prendre par dessus le bureau le coffret entouré de nœuds en rubans lisses et brillants comme de la soie. Il le soupèse puis défait les boucles et les nœuds. Il regarde Matthieu avec un sourire qui veut dire « c'est quoi cette farce ? ». Il soulève le couvercle et prend dans sa main droite le parchemin roulé et tenu par un ruban rouge. Il le déroule et lit ce que Roland a écrit de sa plus belle écriture. Le maire relit une deuxième fois puis relevant la tête fait face aux invités et leur demande s'ils savent ce que veut dire ce papier qui paraît précieux. Tous répondent par la négative sauf Matthieu, Alice et leurs parents qui arborent un large sourire. Le maire reprend

– Bon. Vous ignorez ce qu'il y a d'écrit sur ce document. Je vous le lis : « Aujourd'hui deux jeunes mariés offrent à la ville un ouvrage que moi, expert en livres anciens, je n'ai pas pu dater. Il est peut-être vieux de plusieurs siècles. Les écrits et enluminures qu'il contient parlent sans doute de l'histoire de la ville. Il lui appartient désormais avec une clause irrévocable : personne ne cherchera à savoir où et quand Matthieu et Alice ont découvert cet ouvrage ». Eh bien ! dites donc ! En voila un drôle de cadeau.
– Ne bougez pas monsieur le maire, le cadeau arrive ! dit Barbara qui, joignant le geste à la parole, pose la valise sur le bureau puis se tournant vers les mariés – Alice et Matthieu à vous de l'ouvrir.
– On y va. Ne craignez rien, il n'y a pas de risque d'explosion. Alice ouvre la fermeture et soulève le couvercle. Oui comme ça. Maintenant on le prend à deux

Ils sortent le livre bien enveloppé de la valise comme s'il pesait quarante kilos et le pose sur le bureau devant le maire. Barbara reprend la valise et la pose sur sa chaise. Le maire regarde le paquet cadeau qui est devant lui. De sa main droite, il arrache le papier décoré et fait apparaître la couverture brune du livre. Le papier complètement retiré, il prend le livre délicatement dans ses deux mains et le décolle de la table de quelques centimètres pour le soupeser. Il le secoue doucement deux ou trois fois puis le repose. Ses yeux sont fixes. Il essaye de dire quelques chose mais rien ne sort même si ses lèvres bougent. Il tourne la tête vers la porte et fait un signe à un homme d'une soixantaine d'années en costume sombre qui était resté à l'extérieur depuis le début de la cérémonie. Il entre en saluant les invités et les mariés en s'excusant sur son passage. Il arrive au bord de la table et salue le maire. Il se penche aussitôt sur le livre, tend la main et soulève millimètre par millimètre la couverture. Il se penche pour voir en-dessous. Dans la salle c'est un silence à entendre les mouches voler. D'un coup il s'exclame

    – Je n'ai jamais vu un tel objet. Monsieur le maire c'est… c'est…
    – C'est quoi ?
    – Un trésor inestimable. Qui l'a trouvé ?
    – Les jeunes mariés qui sont devant vous et qui l'offrent à la ville.

L'homme s'immobilise, pratiquement paralysé, devant Alice et Matthieu et bégaie en leur disant « merci ». L'émotion gagne les invités qui se penchent vers les mariés et leurs parents pour savoir ce qu'est ce cadeau. Le maire, de son côté, a fait le tour du bureau et vient étreindre Alice et Matthieu pour les remercier. Il continue par embrasser Monique et Barbara. Après le calme des lectures officielles et des premiers mots des mariés, c'est un grand remue-ménage dans toute la salle, les invités désirent voir le livre et poser des questions à Matthieu et Alice. La secrétaire tire le maire par la manche et, lui montrant sa montre lui rappelle qu'il y a un autre mariage dans moins d'une demi-heure. Il la rassure et se retourne vers les mariés et leurs invités

– Madame, monsieur, vous êtes unis depuis peu de temps et vous venez de faire quelque chose qui est certainement unique par sa valeur. J'espère que votre vie sera aussi belle que ce que vous venez de faire.

– Monsieur le maire, nous vivons dans cette ville et ce que nous avons trouvé est un trésor que nous ne pouvons pas garder. Pouvons nous inviter tout à l'heure pour le pot ainsi que vous monsieur, responsable de la société archéologique.

– Jeunes gens, depuis plus de cent ans que la société existe, jamais nous n'avons eu un tel document. Il va être examiné sous toutes les coutures. J'ai lu l'attestation de votre oncle qui laisse beaucoup de zones d'ombres mais qui, sans doute, est dans la vérité. J'espère vous rencontrer prochainement pour vous entendre m'expliquer comment vous l'avez trouvé.

– J'ai entraîné Alice dans ma passion qui est venue de façon étrange. C'est aussi mon métier : maçon tailleur de pierres. Des promenades dans la vieille ville m'ont fait découvrir des pierres avec des marques et repères provenant de ceux qui ont taillé les pierres visibles dans les bas de murs. Et comme on dit, de fils en aiguilles, nous avons fait des découvertes. Et l'égoïsme ne fait pas partie de notre vie. Vous voyez donc. Oui, nous nous reverrons pour en parler. Bon maintenant, en route on va arroser nos alliances. Qui nous aime nous suive !

Matthieu prend la main d'Alice et se dirige vers la porte de la salle. Barbara, Monique et Roland le retiennent un peu pour laisser passer les invités devant eux. C'est une joyeuse équipée qui se retrouve rapidement à l'extérieur sur le trottoir. Ils se mettent sur deux rangées de chaque côté de la porte pour faire une haie d'honneur qui va mener les mariés jusqu'à la belle voiture cabriolet de plus de 80 ans qui va les conduire jusqu'à la salle pour le vin d'honneur puis au restaurant pour le repas. Alice et Matthieu arrivent main dans la main et marquent un arrêt avant de franchir le lourd portail en bois grand ouvert. Sous les applaudissements et une pluie de confettis ils s'avancent lentement jusqu'à la voiture. Avant d'ouvrir la portière Matthieu respecte la tradition réclamée par tous : le baiser des amoureux.

Un mois plus tard, le quotidien local a fait sa une avec la découverte d'un trésor dans la ville.

SOMMAIRE

Note de l'auteur :

En plus de la publication de la société archéologique et d'histoire, je me suis appuyé sur les 2 tomes de l'histoire de Châteaudun de l'abbé Bordas et d'autres ouvrages traitant de l'histoire locale.

Je remercie aussi la mairie pour m'avoir offert l'étude archéologique sur la crypte de l'église de la Madeleine qui rappelle les premières constructions d'églises dunoises.

Je n'oublie pas les grottes du Foulon qui m'ont permis de voir le front de taille des pierres qui ont servi à la construction du donjon du château.

Bien entendu, tous les personnages de ce roman sont fictifs et l'histoire n'a rien de réel…

J'espère que ceux qui prévoient des travaux de ravalements de leurs façades conserveront visibles tous ces marques du passé.

Les illustrations sont de l'auteur.

Autres titres de l'auteur parus au même éditeur :

2010. Roman d'une vie en Beauce.
Prix du manuscrit du pays de Beauce et du Dunois

2010. La vie tout simplement. Poésies.

2011. Piaux d'lapins, Piaux !
Enquête policière humoristique en pays de Beauce

2012. Des ballades et des rêves. Poésies.

2013. Histoires extraordinaires chez nous en Beauce et ailleurs. Contes, légendes et histoires vraies.

2015. Drôles d'histoires en pays bonnevalais
Légendes, histoires vraies autour de l'abbaye de St Florentin.

2015. Des ciboires, Léandre et autres découvertes.
Nouvelle aventure de Léandre, le marchand de piaux d'lapin.

2016. Des mariages en Beauce.
Les discours de 2 maires lors des mariages qu'ils ont célébrés.

2017. Dans la cour de la Feularde.
Histoire d'amour en Beauce après la première guerre mondiale.

2017. L'enfant de la piscine.
Un enfant de la guerre 39/45 à la recherche de son père.
.

© 2019. André Lejeune
Édition : Books on Demand
12/14 rond point des Champs Élysées.
75008 Paris
Impression : BoD. Books on Demand
Norderstedt. Allemagne.
ISBN : 9 782322 034994
Dépôt légal : Mai 2019

Les rues du Guichet et du Calvaire, lieu de passage de Matthieu et Alice, ont leurs plaques du moyen âge gravées dans la pierre :